小海 著

诗余录

中国书籍出版社
China Book Press

图书在版编目（CIP）数据

诗余录 / 小海著 . — 北京：中国书籍出版社，2019.1
ISBN 978-7-5068-7073-3

Ⅰ．①诗… Ⅱ．①小… Ⅲ．①散文集—中国—当代
Ⅳ．① I267

中国版本图书馆 CIP 数据核字（2018）第 240158 号

诗余录

小　海　著

图书策划	牛　超　崔付建
责任编辑	邹　浩
责任印制	孙马飞　马　芝
出版发行	中国书籍出版社
地　　址	北京市丰台区三路居路 97 号（邮编：100073）
电　　话	（010）52257143（总编室）（010）52257140（发行部）
电子邮箱	eo@chinabp.com.cn
经　　销	全国新华书店
印　　刷	三河市华东印刷有限公司
开　　本	650 毫米 ×940 毫米　1/16
字　　数	221 千字
印　　张	14.25
版　　次	2019 年 1 月第 1 版　2019 年 1 月第 1 次印刷
书　　号	ISBN 978-7-5068-7073-3
定　　价	45.00 元

版权所有　翻印必究

目录

一、岸上踏歌

你见过大海 / 002
跑步札记 / 007
鸟　巢 / 029
周庄：越古老越青春 / 035

二、经典意味

借鉴与创新 / 040
另眼看中国的费正清 / 049
失忆史的当代寓言价值 / 056

三、歌唱友情

我无法怀疑我的怀疑 / 062

《韩东的诗》：中国当代诗歌的重要文本 / 067
我就是那个写小说的汉人 / 071
海子安息，诗歌永存 / 074
戏说寓言 / 078
典雅而有国士之风的写作 / 081
一种诗歌的指向：读海马诗歌 / 085
诗人沈方小像 / 093
隔壁的诗人 / 095
一次令人怦然心动的旅行 / 103
自由而独立的写作 / 106
我读《辞典》 / 108
情、理、韵的结晶 / 111
译者的风采 / 115
花朵与少女，时间与石头 / 119

四、苏州册页

苏州文化抗战的壮丽诗篇 / 124
读杨明的雕塑《蚀》 / 129
一个艺术现场：王绪斌 / 133
诗人车前子 / 137
文瑜的"文人字" / 145
史的传统与士的精神 / 148
诗歌潜伏者壹周 / 153
私人记忆和童年视角的混响 / 156

三生花草梦苏州 / 161

王啸峰和他的苏州 / 164

异乡故乡,心灵的两极 / 168

高山流水之知音书 / 172

有意味的诗歌生成机制 / 178

曾飞鸣的篆刻 / 184

五、诗歌流韵

诗的小学地理 / 188

诗人的朗诵 / 196

青春作伴好还乡 / 200

《影子之歌》序言 / 207

《男孩和女孩(小海诗集 1980–2012)》序言 / 218

一、岸上踏歌

紫金文库

你见过大海

孩提时代第一次去看大潮的情景，我至今记忆犹新。

终于到了内河结束的地方了，能感觉到那广阔空间气势磅礴的烈风了。海堤下绵延几十公里的滩涂上，即使在万物茂盛的夏季，也只生长一望无际、俗称"米草"的耐盐碱植物，我根本没见到父亲曾描绘的成陆时"风吹草低见麋鹿"的美景，这样的草连不爱挑剔的猪见了都气哼哼不拿正眼瞧一瞧。

翻越堤岸，再向东深入几十公里，就见到大潮了。

大晴天灰白的天际线上，天空像被刀片不经意间划出了一道裂纹，天被捅破了。当然要遭天谴。最早听到的是类似蜂群发出的"嗡嗡"之声，微弱，似有若无，凝神细辨，又恍惚是钟磬之音或号角之声，混杂在风里鸥鸟的纷飞鸣叫中，回旋缭绕。原始、荒凉、蛮野、空阔的气息弥漫在四周，即使你是个孩子，也会在短时间内让你大脑处于走神的迷思状态。天地和人都置身于一种茫然的

"混沌"之中。远方那天际线好似另一重人生的幕布正在临界点上等你开启。好像有谁在无声中和你说话,死寂中强迫你去聆听,漆黑中强拆了门窗命令你去看。隐隐起了雷声,像迁徙的狮群在远方低吼,一条颤动着推移的灰白线条,由远及近,渐渐变为沸腾般翻滚的战旗。在浅水滩踩挖蛤贝的一群半大孩子和不多的几个渔夫刚刚还"定"在那里,突然间就开始收拾渔具作慌张的折返跑。

家乡黄海边是泥沙滩,海潮涨袭而来时,海平线迅急上升,前方的海水还是朦胧的一条线时先是呈现灰白,近了就会泛混发黄,翻滚咆哮,像一头暴怒而又善于神秘变色的庞然大物,挟雷霆万钧之势吞噬一切,让我体会到世界末日降临那种魂飞魄散的恐怖感觉。

父亲说,我很小就见到海了。

十九岁的父亲从师范毕业后,就在海边一个叫角斜的镇上小学校教书。他的学生中许多都是渔民的孩子。刚执教鞭,班级里学生年龄不等,他班上的第一批学生比他年龄还要大。他给儿子取的名字里面就带有一"海"字。他说曾抱着我去渔村家访作客,走家串户。但我有记忆以来,平生第一次看见海的情景还是让我终身后怕。小时候看关于海岛女民兵的连环画,我告诉妹妹说全是假的,瞎编的,海边不可能有这么美的地方。父亲会制止:"听话,外面别乱说。"那是个大家都很听话和喜欢把震天动地的大词放在嘴边的时代,每逢过年,邻居买了红纸请我父亲写的对联都不外乎是"四海翻腾云水怒,五洲震荡风雷激"之类。

为什么单单我看到的海是这样恐怖、冰冷、危险和丑陋?难道那是我做的一个噩梦?

在我童年印象中,海是跟匪盗相关的,是蛮荒的,原始的,不可解的。小伙伴在一起讥嘲某个疯丫头，就拍手齐唱："姑娘姑娘你别凶，把你嫁到东海东，吃海水吹海风，嫁个汉子大麻风"，怎么会有这样的歌谣？难道说与古代放逐麻风病等传染病人到荒芜的海边，任其自生自灭的传说有关？不得而知。稍后，我读到三国时魏诗人曹植描写滨海地区人民困苦生活的诗句："剧哉边海民，寄身于草野。妻子像禽兽，行止依林阻。柴门何萧条，狐兔翔我宇"（《泰山梁甫行》），知道古代中国的沿海地区大都属于未开化的蛮荒之地，常常是获罪官员和文人骚客的放逐地。大诗人苏东坡儋州之贬可能是中国历史上最远的边海放逐，儋州位于称作"天涯海角"的海南，有毒虫、野兽、瘴疠，他自叹："垂老投荒，无复生还之望"，初到时，蔽身的房屋年久失修，下雨时一夜三迁。诗人也正是在从儋州北归的途中染疾而终。

我家乡小镇叫李堡，古称赤岸，地处海防前哨，自古民风彪悍。明朝为了抗击从海上来的倭寇，乡人为自保筑堡集中居住形成的。海上，曾代表着侵略、威胁、掠夺和盗贼。能向大海讨生活的人都是命硬的另一类人。海边渔村和庄稼汉的村庄截然不同，虽说几个村子相隔并不太远，但鲜有往来。我的大姑妈当年嫁到往东一点儿叫灶里的地方，那应当是过去烧制海盐的场所，慢慢海向东去，留下大片经过改造后的盐碱地，地力贫瘠，田广人稀，劳动繁重。我爷爷那个当年的破落作坊主心疼得不行，但战争频仍，家道中落，作坊变卖，祖屋被焚，"嫁到海东头"那意味着长女将服一生的"苦役"，但也许会有一线新的生机也说不定。记忆中，我的爷爷温良和善，边晒太阳边读书时，喜欢用手指点着字行慢慢移动，虔诚、慎重的样子，好像是盲人用手替代了眼睛在阅读。在他一生读过的书中有关于大海的记录吗？

诗余录

今天的人像赶集和逛超市一样涌向海边，消费大海，这种转变是从什么时候开始的，令我不解。等我读大学和工作以后，有机会去过了大连、厦门、青岛、三亚，才发现，大海已成时尚，有着另外一副好面孔。那里有最昂贵的酒店和海景公寓，有张贴着像光润的丝绸、蓝色的皮肤一样的海水和死去的诗人海子诗歌"面朝大海春暖花开"的巨大广告牌，等等。是更多的人生活太平淡了，要去看看大海的涌流、尝尝大海的盐调调味？可怜如我，大海的记忆是跟贫穷、恐怖、蛮荒和海难联系在一起的，从小就听到许多关于地震海啸的传说。记得，1976年唐山大地震后，我们家乡也"闹地震"，乡人传说地震倒不是最可怕的，可怕的是地震引发的海啸，所以家家户户都找来一些大树捆扎成木排，作为海啸来时逃生自救的"诺亚方舟"。大人们忙于地震动员、演习和开会，有时拂晓前就将我惊醒。有几回心血来潮，摸黑一骨碌爬起来，在扑闪的晨风中立到河坎的高处，装模作样地观察天亮后海上是否会涌出所谓的"地震云"，在太阳从地平线上跃起的一瞬间，像打开了海上之门，满天接地的云霓被万道霞光刺穿，每一朵云哪怕是微小的絮云都毕现无遗，大块的云山像刚刚发生雪崩一样齐崭、豁新、明亮；看着天空自由自在的云朵，以及奇特的纹理，偶尔会忘记初衷，认为蓝天就是碧波万顷的大海，云彩变幻出的各色纹理酷似海中大鱼的鳞纹，而风向一变，成群结队的大鱼们随着夏日高空的季风和暖流集体迁徙，壮观地回游故乡，让人好生羡慕啊，真像生活在没有焦虑、恐惧的神话仙境中。小学校防震提前放假，大人也顾不上我们，使我既轻松疯玩，又在地震海啸传说的阴影下惶惑不安，一天的开始是从村口高音喇叭里面又传出"一万年太久，只争朝夕"的语录算起，而望云的人此时早已忘记了自己的"职责"，小小心灵中竟然平生头一回生起了人在宇宙星河中渺小无助以及类似苟且偷生的感觉,这种宿命感与人到中年"偷得人生半日闲"的感触真的是截然不同。海跟灾难怎么会联系得这么紧密?难怪家乡老一辈的人都是想着离海越远越好啊,因为海上有不测的风云和劫难,命运注定了他们是背向大海的。

  读了世界史后,好像是明白了点儿什么,一个族群与海的相遇,海湾或者大海情结,这其中有一种精神尺度,可以锻造一种胸襟和胆魄,从而改变既成的生活。潮汐的搏动成为壮丽的心跳和悸动。遥想当年,临海的东南沿海蛮夷小国吴、越居然有了称霸中原的雄心,也许就是大海扩张了他们的雄心壮志。其实,我私下里还有一个想象,就是他们扩疆拓土的欲望源自对大海本能的恐惧。今天,国人的海洋意识前所未有地被唤醒了,"沿海"无论是在一个农民工还是在一个政府官员眼里都是一个多么有魔力和吸附力的词,那里一时似乎就是先进文化和先进生产力的代名词,至少代表了一种截然不同的出路甚至命运,看看三十年来的移民潮就清楚了。大家就在同一天真的把大海认作了故乡?!而我却会想起一个朋友诗中的句子:"你见过大海/你想象过/大海/你想象过大海/然后见到它/就是这样/你见过了大海/并想象过它/可你不是/一个水手/就是这样/你想象过大海/你见过大海/也许你还喜欢大海/顶多是这样/你见过大海/你也想象过大海/你不情愿/让海水给淹死/就是这样/人人都这样"(韩东《你见过大海》)。

跑步札记

个人的小运动

说跑步的事，自己都觉得有点儿好笑。

我从来也不是一个热爱运动的人。除了初中时因为个子蹿得比较快，又喜欢和同学三五结群在操场打打闹闹、练练单杠双杠什么的，被体育老师想当然地指定参加过一次校运动会4×100米接力和5000米长跑，因为我的拖累，想必也没有什么好名次。如果战绩有印象，现在巴不得拿来说事儿呢。搜索了一下，实在找不出参加什么专业运动的记忆。以后因了校医一句高度近视要少剧烈运动的建议，几乎连上体育课都躲着了。工作以后，除了孩子小的时候陪着练习游泳和拍拍乒乓外，也很少运动。对，骑自行车上下班可以算上。偶尔的旅游赶路和去郊外爬山也算上吧。

刚刚人到中年，血压、血脂什么的就高了，肩周炎也有了，于是跟自己说素食为主，每天要有一小时用来走路散步，利用上下班或者午休的时间。恰好有几个常常碰头的好友，都是喜欢动动的。比如雕塑家杨明，记得多年前他刚刚从南京调来苏州工艺美院时，我在南京的一伙老哥儿们赶来观摩他组织的足球赛，他满场飞奔，脑壳上老婆给他编的小辫子都快跑直了，羡慕得我也傻了。作家大王（啸峰），我们一起神吹海侃时，他有意无意会抖出刚从健身房出来的神气劲儿，或者偶尔露一露汽车后备厢的专业运动挎包——每当我喜欢的足球运动员们跨出机舱或者鱼贯入场时让我落进眼的那种肩负的装备，作为文字工作者，大王不吸烟喝酒，业余时间就是读书、写作，就是羽毛球、跑步，爱好全都是那么正当。诗人李德武会说每周都要去爬山什么的。老王、老陈、一果等几位教授业余时间喜欢切磋乒乓，一争高下。外地的哥儿们当中，运动达人级的就有好几个，比如韩东的单手俯卧撑就是金陵一绝，楚尘的双节棍从北京舞到了法国。

朋友之间，看重友谊的人往往深知共同话题的重要，那就得往人家的兴趣爱好上靠嘛。过去八九年间我有午饭后沿着单位围墙散步一两圈的习惯，2008年开始，早晨或者午休时，一个人偷偷慢跑一会儿，从500米慢慢往上加，到一公里5公里10公里，甚至双休日有过跑上20公里和35公里以上的纪录。坚持了半年后，习惯成了爱好，爱好成了必须。

大部分时间里，我是一个人跑步，这项运动适合我，因为不需要合作伙伴，不存在竞争关系，跑步的快慢节奏视心情和身体状态由自己定夺，对场地条件也没有太大要求，有条平整的道路就行，这样每天跑步10公里并一直坚持了下来。那一年，下雨除外，我白天跑 10 公里，晚上游泳 2000 米。全年至少跑步 2500 公里以上。

正是在跑步的过程中，我把抽了十几年的烟戒了，这是迫不得已的事。一是跑步的爱好大过了对抽烟的爱好；二是在一小时以上的跑步过程中是不可能边跑步边吸烟的，两件事不可兼得。

跑步加上游泳每天要花费很多的时间，而且这两样运动成了每天生活中的"仪式"。因为早晨叫起的闹钟要闹醒家人的美梦，我要在全家一片抗议反对声中摸黑爬起，穿上短衣短裤悄悄下楼。要起早，又要家庭和谐，有时就一个人独自睡阁楼上的小客房。后来，大王建议双休日到太湖边去跑，春秋冬三季 5：30 开始，慢慢延迟到 7 点，夏天太热，我们 4：30 左右就出发，每次都是一个哥儿们亲自驾了私家车，分别去接上我们三个跑友。无论酷暑严冬，我们都一身短打扮去跑上一个多小时。好像生活中悠悠万事，唯此为大。

我有时也会问自己，为什么跑步这件事就让我这个懒人做成，还能坚持下来了，想了想，最关键的一条：这是一个人的运动。因为大多数时间里，你都是一个人去跑步。跑得如何，自己知道；到双休日合练的时候，跑友们也会知道。仅此一点，还真有点儿像写作。一静一动，都靠耐心耐力，可行，挺好。

长跑始于对身体的肯定

在对待身体方面，我们一方面想回避难以逃脱的疾病、伤残、疼痛、死亡，因为它们导致感知能力的扭曲和我们的认知能力上的不足，甚至导致我们对身体消亡的恐惧；但同时，我们又往往忽视身体特性，中青年时对定期体检不屑，对身体协调性和日常健身运动漠视,等等。

在各种运动类别中,跑步运动本身以及对跑步者身体的要求这两方面门槛都很低。一旦爱上了跑步,只要天气允许,只要有条路和有双跑鞋,无需器材、无需和别人合作就可以完成。从积极的方面看,虽说绝大多数的跑步者,都不是各级运动会的选手,不靠跑步谋生,可它确实能让人体会到自我挑战、自我实现的意味,是"一个人的奥运"。从消极方面看,周而复始的跑步也有点儿像无望地对一种境界的追求。现在你想排除干扰做一件其实是很单纯的事,在现实生活中有时很难,但跑步完全可以是很单纯的一件小事。在跑步中无须也无力"运思"所谓的人生大事,而且,一旦跑起步来,可以健体强身,可以忘忧,可以治疗失眠,不一而足。

在长期的运动中有时也会因精疲力竭或者路面不整而摔倒、擦伤,有时一次运动量过大膝盖也有损伤,可相对其他运动,它无疑还是成本最低、损害最小的。一件单纯的事给人的快乐完全可以抵消了其他的因素。只从这一点上说,跑步的人可能是有点儿"拧巴",认死理,对于那些有宏大目标者来说,我的跑步太渺小太微不足道,单纯地做一件不求结果的事情是许多当代人不屑去做的,却又是一件美事。

说到这儿,想起一个跑友时常和我说起的日本作家村上春树。他将自己命名为"跑者",有一本让"春迷"们爱不释手的书就叫《当我谈跑步时,我谈些什么》。可在我这儿,倒是首先想起了美国诗人惠特曼。从诗风中想象诗人们的身体状态是多么有趣的事。这个一生在漫游中的诗人,他在诗歌中激情勃发地歌唱"带电的肉体",在将一堂生动的身体美学课呈现给国际诗坛的同时,他也拓展了一个全新的诗学视域。他把身体当成了一个摆脱清规戒律的实验场，注重创造性的自我塑造，也将世界观、宇宙观和生命意识、个人自我实现有机结合起来，造就了他那民主、乐观、诚挚、开放、雄健的诗风。难怪惠特曼的诗歌曾经指导和完善了美国新大陆上人们的生活实践。而《荒原》的作者艾略特，从他严峻、阴沉、晦涩、傲慢的诗风中想象不出他的生活和身体状态，相较于惠特曼一定有着这样和那样的不同。这是个题外的但好玩的话题。

有人建议我跑步时戴上耳机，一路上听听音乐，消解机械运动的单调、重复，我从来没有尝试过。实践告诉我，跑着跑着，做什么都不重要了，跑到最好的境界就是"忘我"（忘却跑步本身）或者是"物我两忘"。有时刚刚开跑时，我也会想一个人和一件事，哪怕是最让我烦心的，但是一旦和跑步最艰难的时刻比如跑马拉松的过程相比，就会释然。许多尽你所能去做的事，都是没有结果的，就像跑步和游泳出不了成绩，你也不会整天萦绕于心，闷闷不乐，因为你知道，跑步已经是一种生活形态，或者说生活中一件有仪式感的事。在我，跑步的意义还在于，健康的身体是快乐的源泉，也是协调人生所有情感经验的中介。突出对身体的训练，让身体尽可能回复到初始情境中去（还说不上是自然，真正的自然是不受人主宰的蛮荒），改善身体的感知能力，身体就不再是物理意义上的一个机械装置，一个由心奴役的零部件。往大处说，身体是天地交流、进化，天人合一参与循环的一个整体，也是对追求高品质生活意义的肯定。就像你确定无疑一生中必须做的一件事一样，在你这是宿命，因为你喜欢，你乐意承受，那么就变成了一种自虐式的精神享受。

想想两千多年前的先贤孔子对踏春裸游、且歌且舞地到大自然里去疯一把，也应是举双手赞成的："莫春者，春服既成。冠者五六人，童子六七人，浴乎沂，风乎舞雩，咏而归。"(《论语·先进》)。我会将之视作孔老夫子向往和弟子一起祭春的身体仪式："夫子喟然叹曰：吾与点也！"

确切地说，生命的仪式，是从对身体的肯定开始。

太湖跑步：春天

在太湖边跑步可以看到太湖一年四季的景色。

初春时，早上气温还只有几度，我们跑步小组的起跑点正对着湖中的大小贡山。在有薄雾的时候，从远处看，大小贡山像月亮中的山岳一样，可以听到野鸭和其他水鸟低沉的和鸣声，大气在湖山之间自然、微妙地运行着，几株杨柳已经吐露鹅黄色的点染线条，草地的蠕虫开始松土，枯黄的草色中有了一些夹杂着的嫩绿，芦苇也开始在风中变得活泼，远处的田中有农人将冬天剪枝后横铺在垅间保暖的桑树枝拾掇着打成捆，跟随在他们后面的家犬躲藏在排水沟边的树丛中冲我们示威狂吠，太湖中的色泽从冬天的灰青色渐渐变幻成有些浑浊的淡青色。跑过湖边的河汊和渔民经年废弃的烂木船时，偶尔会嗅到一丝酒酿的气味。有风的时候，湖水轻轻地对着岸边的低堤打着拍子，像从湖心涌起的自然的呼吸让近岸的湖水有了起伏。水下活跃的声音是早起的鱼群家族从避风的河湾出动了，准备浮现水面边觅食边追逐温暖的阳光了。湖上吹来的风终于不再贴身了，把我们的手臂冻得生疼而麻木的日子一去不复返了。

路途中间每隔一公里都有里程碑，埋在路边靠大田的这一侧。冬天和初春时节的浅白色里程碑是孤单的，立在路边很醒目，只有在路侧草木渐深时，它们才貌似自然的一分子。还有就是公交车站牌，成了散居在湖边人家的信息交流场所。有时，我们看到三三两两的候车人好像也是固定的，上周的和这一周在候车牌子下等候的人面目是如此一致。等待公交车有时间隔较长，这些赶早出门等头班车的村民，身上穿着还未来得及脱下的冬装，见到怪模怪样短打扮的我们，流露出惊诧和不解的神色，继而在我们折返经过时已见怪不怪地行着善意的注目礼。他们身边的包袱或箩筐中，会有这个季节才有的时令鲜货，中午时分会到了城里亲友的厨房里面。有时在春雾中，隔着湖湾和小树林，他们浓重的吴侬乡音，飘忽不定，像天上人语。

　　春天的气息是独特的。首先是气温的变化耐人寻味，在零度以上到十度左右徘徊，天上的雨水仿佛有消融剂，再冷的雨水一到地面，残冰贱雪就会立即消解，田埂变得泥泞，湖边的人工鱼塘开始泛起水泡，干燥的空气中有了一丝丝的腥气，湖心中的雾会从大贡山漫过湖岸，有时候雾起身快时连村队场上的旗杆也像是船只的桅杆了，鸟的叫声在雾中的树木里面变得扑朔迷离，惶恐中带着兴奋和战栗。我很理解这些可怜的鸟儿们。这里是湖岸一段的偏僻处，很少的车辆，有时一小时多时间的跑步过程中只有十辆车左右从身边"呼隆"一声经过，偶尔才会看到农用车上挤坐在工具边的一家子，有块田地离家较远。通常，在我们经过的路途上，丁字路口有一至两只红绿灯，一般大田的田埂和湖边公路的交叉口不设交通标志。跑上一段，会有几个穿着黄马甲骑着三轮的清洁工人和一班公交车现身。公交车虽然间隔的时间很长，但若是跑得精疲力竭时，真希望它适时出现，马上跳上去。这念头闪过时，它往往是毫无踪影的。但正因为如此，有一次我们跑步结束快返程了，听到有放鞭炮的声响，虽说附近有不多的几户人家，但也没有看到办喜事的车队啊,很蹊跷。等跑到跟前,发现是一个手拿双筒猎枪藏在芦苇丛中的打鸟人。春天刚刚出来到湖岸活动的鸟儿们经历了一冬后,好不容易恢复生机有了活力,不久树叶子长起来可以覆盖他们的秘密巢穴,自认为安全系数在增大,活动的半径也在逐步扩展,没想到厄运已经降临。枪声响后,刚才还一动不动趴在草丛中的猎手一跃而起,疯狗一样向鸟儿们坠落处狂奔过去。有个跑友说,这个残忍的小子,在这个无人的郊外湖滩上,没准哪天把我们当猎物瞄上了干掉都有可能。由于我们的跑动,那个猎手眼巴巴看着前方一群鸟儿被惊起后向着湖心方向引颈飞去。

春天是挣扎的痛苦的,乍暖还寒、半僵半死、欲说还休,湖边上不时漫起小股无奈而散漫的雾气,很纠结,通往大湖的水道由于水量锐减或者水闸的关闭,冬季进入太湖的水量很少,太湖平均水深只有一点八米,加上水生植物的腐败,湖水经过一个冬天的滞留,水变得呆滞无力,起风时靠岸浅滩处就迅速变浑。春天,郊外大湖边的状况就是这样。

偶尔,我们的跑步小组也会在太湖边的细雨飘风中以及雨的间隙中跑步。几场雨水后,那些湖滩上的樱花、桃花、梨花和不知名的花儿都抢着报到,跳跃着打开、绽放,不知道她们来自哪一个美妙的地方?听到了春神的魔笛似的,赶集一样的来到人间。此时,像是为了呼应这花时,湖边奇迹般置换成了钢蓝色。

序时花期,万物有灵。

附:

《湖畔跑步》

——送跑友王啸峰

那些花树

好像中弹似的炸开

分出了一侧的湖水

天上有银色的机翼

刚刚钻出湖底

风起处,浮在

钢蓝色封面上的

大小贡山摇摇欲坠

交替着跑过二十公里

又喝到湖中之水

大王说

天上这么大飞机

我们跑到机场快了

太湖跑步:夏天

  最难的跑步是在盛夏酷暑和数九寒冬。超过35度高温的夏天去湖边跑步,早上4:30分你就要爬起来了,一旦太阳东升,地面温度迅速上扬,刚刚抬腿启动就开始汗流浃背,所以要尽可能在6点前结束跑步。跑完了时常要补充两至三瓶矿泉水,还不能喝得太猛,那样心脏会一下子承受不了。

  热天时常是这样,早上常常一个格楞没起得来,有时就需要中午或者晚上在体育中心跑道上补课。若是中午,那可绝对是考验,围着明晃晃没有树荫的跑道绕圈子,顶在头顶上的湿毛巾十圈下来就蒸腾干了,起不到降温的效果了,十公里下来人完全要虚脱了,也不知道是绕圈绕得头晕了还是中暑的前兆,最后的几圈都记不清圈数了。所以,不到万不得已,酷暑的中午真不是跑步的好时候。现如今热天多了,似乎一过5月1日就入夏了一样。而到10月,温度才会慢慢降下来,似乎要有近半年的夏天。春秋呢,匆匆的几天,还夹杂在这半年夏天的几次雨水之后。是地球变暖了?但冬天也冷得够呛呀。被挤压的偏偏是春秋两季。未来的孩子们恐怕会到词典中去查找春秋这个词了。古人用春秋指代历史真是有先见之明,一点儿没错。

夏天会有一些小小的意外在湖边等待着我们。相隔一周没见面的杨柳树,爆炸一样长出细长柔韧的枝枝叶叶,披散着,像硕大的巨狮群,威武地蹲伏在湖边,随时准备出击。一周前,这些杨柳还婀娜多姿地站在湖水之滨,像媚惑人心的女郎,伸出长长的墨绿指尖,轻拂着过路人的脸,划着他们的手臂说:"怜香惜玉的情郎啊,我看出你天生就富有情感——"。银杏和香樟三五成群,在这个疯狂的季节里傲然挺立,似乎只对天上高远的事物才感兴趣。翻越堤坝的一条青蛇,被压扁了摊在路面上,蛇头可能是被恶作剧的孩子们移走派用场了,没有谁告诉它路上机动车汽油的气味是危险的。湖边的车辆并不多,显然,小青蛇选择了一个错误的时间和地点,也许是早餐时分的一只小鼠将它引诱到这条不归之路上了。一群野狗,在太阳刚刚升空,暑气尚未弥漫的湖边林子里追逐嬉戏,它们精瘦、矫健的脊背被草丛中的朝露洗得油亮,嘴角喷吐着热气,在我们侧面的湖坡上警惕地聆听我们的脚步,稍作判断后迅速调头离去。几处湖湾的荷塘中,荷叶已经铺展开来,覆盖住了岸边的水面,叶子底下有时传出"嘟——噜——咕"的奇怪叫声,分辨不出是水底下的蛙声还是躲藏在水草中的鸟鸣,一种急切的呼唤让跑步者都能感受到。

太阳像漂泊在湖水上的流浪者,先是在离岸 500 米处,载沉载浮,大风起处,一个波浪让它分崩离析,幻变成了许多轮子的金黄马车,向湖面深处驶去。太阳一夜睡在湖心,脸憋得绯红,一旦像玩具跳偶般高高窜起升空,回头再看自己的座驾马车,却早已消失不见,只有还在贪睡中的挺水植物们,逐浪起伏,随风轻轻摇荡。不远处贡山上的鹭鸟们钻出林子,练习起飞,圈子越划越大,湖面上最初的动静往往是由它们引起的。

湖上的太阳跃起的一瞬间,天地万物呈现一种姿势,还有一万种沙哑感恩的合唱。

那时候,热力骤然升腾,太湖像天上的悬湖,平地上也有了爬坡的感觉,来不及擦去的汗水会刺激得眼睛生疼,地面蒸腾上来夹杂着草木、泥土、野花的热气越发浓烈。我们开跑时设定的终点变得似乎遥不可及。

跑友啸峰有块运动手表,上面有计时功能,还会提醒你日出的时间。但有好几次他站在太湖大堤上一本正经地说几点几分要日出时,我们全都笑了。因为夏天的日出是那么与众不同,那轮太阳早就挂在湖水中央,像只红色信号灯,已经一尺高了。另一个跑友晓锋说,那是日本出产的,有时差在里头呢。

夏天的日出,东方的天空像拉萨的铜锣一样金黄、纯净、锃亮。湖边跑步的人像皮影拎在不知名的人手上,我们的一串串影子,那么细长,投射了出去,先于我们探测到湖水的温度和草木纵横伸展的深度。

马拉松和写作

马拉松比赛常常是起跑时就十分艰难，无论做了多么充分的准备，因为你知道前路漫漫，随着年龄的一岁岁增加，你又一次要挑战自我的身体极限。你必须而且也只能按照你自己的节奏来跑。比如出发时，你半马成绩是两小时的，你跟上的是1小时45分的人群甚至用时更短的人群跑，你可能会被拖垮，体力透支，甚至不能完成比赛。开跑时你就得有一个清醒的估计，并有心理准备。有时甚至在跑前5公里时，你虽然按平时跑的节律还是很吃力，有时感到胃或者肝腹会有不适和隐隐作痛感，甚至都要怀疑自己能否跑下来，那是参加比赛时精神压力所导致的影响。一旦你排除干扰，按既定的节奏坚持跑下去，紧张和不适会慢慢过去，跑出自信出来了。

我写诗的经验正好和跑步相反，往往是开头时非常自负，甚至认为自己将要出一部"杰作"了，一心想超越想象力的极限，但写着写着就变样了，不听调度，灵感没了，下笔滞涩，这个过程和马拉松还是有些相像的，渐渐的，信心全无，一页稿纸有时没有写完就先扔进了脚边的垃圾桶。

刚开始跑步时一直有个错觉，速度不够快和距离不够远以为是双腿迈不动步，因为精疲力竭时确实表现为举步维艰。然后知道真正的原因是心肺功能的问题。在跑步到了生理极限时喘不上气来，心呼呼猛跳，人会恍惚，有缺氧的感觉。前不久的一个采风活动上，碰到同样喜欢跑步的作家鲍尔吉·原野，我们讨论跑步，他的

诗余录

一个观点是，跑马拉松倒地死亡的人，不是因为心肺功能出问题所致，而是衰竭而亡，就像手机的电池耗光了自动关机一样，是由于身体能量无法支撑超长距离的大运动量。很有道理。这次体检时发现自己是窦性心律和左心室高电压，刚开始时认为对一个从事极限运动的人来说是有危险的。听到他的话，也就释然了。再说吧，一个人就是走路可能还会碰到不测之事呢。

年龄是那样无情，决定了一个人的运动频率、耐力、成绩等等，2009—2010年，我每次的10公里跑可以维持在45至55分钟之间，21公里的半马自己测试时，绝大多数时候可以跑进两小时之内，而2011年的两次半程马拉松，我和跑友中间去找水喝，还陪一个哥儿们去找厕所，早上比赛沿途的店家都关门，我们离开比赛队伍找到一个无人处解决了再回头参赛，这样轻松的情况下，成绩是2小时零3分。隔了半年后的另一次太湖半马，我拼尽全力却只跑出2小时零6分，第一次跑上下坡的山路，十分吃力，很不适应，在上一个长长的坡路时想，真想一头撞死在山崖上算了，都差点儿放弃比赛。而我的一个跑友三四年才起步跑时和我水平差不多，我们的首次半马成绩一模一样，半年后他却跑进了1小时50分之内，再之后一两年的全马成绩跑进了3小时40分，令人叹服。他小我五岁，我也只能用年龄来自嘲。再下一年的金鸡湖半马，我跑了1小时57分的成绩。但我知道，要长期保持在一定时速内太难了，年龄已然是一道天堑。当然，我的跑友们分别比我年轻4至10岁不等，即使按世界上水平最高的波士顿马拉松的报名标准，我也可以比他们多用时10分钟左右吧，但我还是明显感觉一次比一次吃力。他们有人说是因为我素食为主的原因。而我感到是年龄因素。隔几年，每天跑步10公里的恢复能力就和之前比差远了，只能间歇性地停止了游泳,同时,尽可能恢复好体力再跑,一周跑上个3-4次。这是无可奈何的一件事。

还记得多年前,在和小说家马原谈论他的小说《虚构》时我说过的话。这篇小说能写出来,我认为是他体力、智力和想象力正处于一个人黄金时代的一种梦境。我猜想一个人在他四十岁或者五十岁的时候恐怕写不出这样的小说来。马原的回答是:实际上《虚构》也是我精力、体力、经验汇聚的人生的一个高峰期。二十岁也写不出来,二十岁的时候,因为人生缺少很多那样的基本体验,还没有经历过太多的事情。他能准确地回忆写这部小说的时候就是三十一二岁时的具体情景。"尤其在我这么一个内心相对晚熟——青春期比较长的这么一个男人身上,三十一二岁这个年龄是一个很奇特的年龄,肯定是我精力、体力、想象力都是最佳的这个时间。"那么写作和跑马拉松也有相似之处,青春,青年时代的写作确实是无法替代的黄金时代,有许多作家终其一生都难以超越自己青年时代的作品,因为它也同样依赖一个人精力、体力、经验的汇聚才成。我不是青春写作的崇尚者,我只是由马拉松而生出一种无端却刻骨铭心的感叹。

马拉松小组

会走路的人就会跑步。说得一点儿都不错,我们的跑步小组就是跑步的"票友",好玩才是真的。

自从有了几个固定的跑友后,平时我们各跑各的,双休日我们就约好时间一起"训练",我们一起实地踏勘场子,几处平时跑步的场子大家都不太满意,要么人和车太多,要么是操场太小,后来"领队"突发奇想，说干脆拉到太湖边的环湖大堤上去跑，那儿的风景自不待言，新修的柏油路也很适合跑步者。再说了，新鲜的场子也能激发大家的兴致，只是要从城区开车过去要35分钟左右。我们的"领队"联系了当地的一个朋友，让他开车引我们到一处湖滨停下，这是一处绝佳的"场子"。大堤的一侧是万顷碧波的太湖，另一侧堤岸下莺飞草长，杂花生树，绿树成荫的深处是三三两两粉墙黛瓦的人家，唯一的难处是离开城区太远。"领队"自告奋勇说可以每周开车分别接了大家一起去。于是，从某年底开始，我们周末的"场子"就到了太湖之滨。不知不觉，我们就经历了太湖畔跑步的四季。跑步之旅变成了新奇的发现之旅。

　　但艰难的是，跑友都比我年轻，他们设定的周末跑步最少10公里，有时是13、15公里，甚至20公里，真真又是恐怖之旅啊。只有在完成了设定的路程之后，才会想到这一时刻的肺像充满了氧气一样，呼吸是多么自由和顺快。坚守做一件事，耗尽自己体能坚持跑到最后的终点是有点儿犯难也有点儿受虐寻乐子的意思。我在这个跑步小组中是属于瘾大水平低的一类，要是知道我躲在这儿发感慨，这帮跑友们一定会捂着嘴偷着乐的。记得一次我们跑步小组到石湖景区晨练时正好碰上苏州马拉松队的王队长，一公里3分钟多点儿就能跑下来，我跟跑了一公里后立即刹车，专业和业余哪能同场竞技啊，那是要出人命的。

　　平时不跑步的人有时会说，一个人每天10公里跑下来，那么跑步应当是很轻松的。我真的不知道怎么回答。在一个小组里，一旦跑起来时你总不希望跑得太慢，如果某一次用时太长了说明你偷懒了。跑步过程中如果你对自己还有一点儿期望值，即限定在某个时间段跑完，过程就不是件很轻松的事，总是边跑就边巴望着早点儿结束，好赶快补水、自由平稳地呼吸。当然随着年龄的增加，跑步的成绩也在逐年下降，这是要面对的痛苦事实。但也是随着年龄的增加，一个人的坚韧性会增加，不会轻易放弃，半途而废。

跑步也会受伤，这可能是让人不理解的事。长距离的奔跑加上路况不明和眼力不济，精疲力竭时，人的大脑灵敏度和身体协调能力会下降，容易在避让车辆和行人时摔倒。我自己就有过这样的一次经历，因为是短衣短裤，扑倒后膝盖和手臂多处挫伤和擦伤。像我这样短衣短裤的运动者在街上出洋相摔倒后，会毫不迟疑地爬起来继续向前奔跑，就像完成了一个规定动作似的。我跟自己说，不管怎么样你是向着正确的方向：前方扑倒的嘛，爬起来继续向前，也是件再简单不过的事情。

我非常欣赏我的跑友们，他们像是一组永动机，总是不知疲倦运转着。小王，我想应当是我们"领队"忽悠来的，他们俩名字几乎一样，区别他们只好叫大王、小王，他们是发小，打小就是同学，老师提问时，一个不会的就深埋下头，将另外一个脑袋留给老师拎起来。他们经常待在一块儿玩，我想说的是，他们这么铁，要是不小心犯了啥事儿也会有另外一个给顶着呢。小王刚刚来的时候挺着个肚腩，像领导下乡视察全民健身，"我跑不动，看看你们跑吧""先跟着你们玩玩"，他从一千米开始，慢慢累积，几个月跟跑下来，他的肚腩平坦了，跑得也越来越远，以至当我漫不经心跑时听到紧随身后的脚步声会心惊肉跳，他的速度提升得好快。第一年参加的金鸡湖半程马拉松，他在三小时的关门时间跑下来了，想想我第一次参赛时，那已经是跑了好久之后，才敢下定参赛的决心。之后，他居然一周双赛，又赶了扬州马拉松赛，成绩一提就是20分钟。我开玩笑说他按这个火箭提升的速度，用不了两年他可以进国家队了。这个恐怖的跑友。

另一个跑友勇弟是个特别乐观和激情洋溢的家伙,和我们在太湖边第一次全练就见证了他的实力,开跑不到一千米就上步提速,大有一骑绝尘的味道,亏得"领队"脚下生风,拍马追上,不然这小子做梦都要笑醒。他最近自己练习时的半程马拉松成绩,生生跑进了1小时40分钟之内。他报名参加全国的"勇闯天涯"活动,在拉萨那样的高海拔他也完成了自己的半程马拉松。

今儿中午,勇弟又来电话约了去吃报国寺的一碗双浇素面,那儿的面馆只有初一和十五才会对外开放,而且要提前预约好,很稀罕的吧。其实,我们每次跑完步后都会回到市里,找一家面店吃面,东吴、观振兴、伟记、朱鸿兴、胥城、琼琳阁、陆长兴、陆振兴、聚兴春等,几乎吃遍了所有的店号。有时候刚刚开跑就有人惦记着哪儿吃面,脚下不由自主就开始发力了,好像跑步是冲着那么一碗面而去的。看看我们跑步小组这德行,就知道有多大点儿的出息了。

"吃货"们,明天跑完步吃哪家呢?

从运动的身体出发

长路漫漫,跑步对人的躯体各方面都好,最对不住最伤的就是膝盖了。膝盖是真正的"人体公仆"。如果有一阵子没有正常坚持跑步,一次长时间超大运动量的奔跑,膝盖的承重和负担是不可思议的,警示就是刺痛和酸疼,上下楼梯时龇牙咧嘴,感觉尤其厉害。

长年练习的长跑者体重都是相对偏轻的,减少脂肪好像是膝盖对肚腩、腰腹的"命令",跑步之后,加上素食为主,让我意料不到的是体重逐步下降,从最重时的75公斤降到最轻时的不足58公斤,减少每天2000米的游泳后,体重又回升并稳定在68公斤左右。

其实,真正在跑起来的时候,我们并不将注意力集中在自己的身体上,其状态常常是脱离自我意识和反思意识的,而是将重点放在到达终点、达到目标上,让身体发挥最大的功效。假如你的注意力都倾注在跑步中的脚、膝盖、呼吸等等上面,反而达不到放松运动的好效果。就像我们儿时学骑自行车一样,你的注意力如果一直放在两只脚上,一准会摔跤,所以大人们会在一旁反复提醒:别去管脚,目视前方。我知道中国体操队的教练也是常常对平衡木上的弟子们说:越少想脚下,走得越稳。

我喜欢在户外阳光下跑步。所以我常常正午时外出跑步,太阳直射,我感觉有一种气息,沐浴天光下和天地融通,与万物同在共荣,彼此交换信息和能量,你能嗅到周围树木和人群在阳光下散发出的勃勃生机,这也是吸引我跑步的一个原因。我时常跑了一阶段后就要脱去上衣边跑边晒太阳,这样既不会被灼伤,又能使皮肤长年保持古铜色或者说小麦色。

有人说日出跑步不好,有人说中午也不好。植物们日出后才开始光合作用,吐纳氧气,正午时分阳气最足容易伤身,可我却时常是这个时候外出跑步,我认为跑步时间是自己随机而定的,也和各人的时间安排和习惯有关。

跑步每个人都有自己的节奏,有的人喜欢匀速跑,有人喜欢途中加速,有人喜欢最后阶段的冲刺跑,这也和每个的性格和爱好有关。我自己喜欢匀速跑,但有时往往是这样的,你自认为是匀速跑,带上分段计时表后就会发现其实不然,比如设定一次十五公里跑，你会发现前面的七八公里你可以做到匀速跑，后面的速率可能就慢慢下来了，你误认为很努力在保持前面七八公里的速度，体力的下降和心脏的承受能力以及环境的干扰都是其中让你不知不觉改变奔跑速度的重要因素。有经验的跑步者才能做到真正的匀速跑。比如马拉松比赛中领跑的"兔子"就是这样的一群人。

冬天早起在户外，气温零度左右，地上有白白的霜冻，短衣短裳出门，手脚会冻得麻木，甚至跑步完了哪怕是汗湿了前胸后背，手背时常还没有知觉。刚刚开始跑步一两千米的时候，鼻子里面不断地流着清鼻涕。可能正是因为有了这些跑步中所谓艰难的时刻，每次跑完设定的路程，呼吸平缓自由后，会产生巨大的"小小幸福"，或者说"卑微的成就感"。

从唠叨体重到运动习惯，看得出，把身体当成一个创造性的自我塑造的实验场是跑步带来的始料未及的副产品，也是将完美主义降格为私人自我实现的积极行为。许多事情上我们无能为力，自然、社会、政治等，极端个人主义的身体训练总是力所能及的吧。马克思认为在从猿到人的进化过程中，劳动起到了决定性的作用。在这里我把"劳动的身体"可以偷偷置换成"运动的身体"。这和尼采"权力的身体"、弗洛伊德"欲望的身体"形成了鲜明的对照。就是说，身体和身体意识是我们了解和发现原初世界，不断进化和完善的一个出发点。长跑是对身体和身体意识基础价值的重新体认、调控和肯定。长跑还在无意之中让我找到了一种保持和稳定体重的办法，将凸出的大肚腩在快时届半百时改造成一块平坦的腹部，实属不易。一位雕塑家朋友看到我短打扮跑步的样子，对我的体型和肤色大加赞叹，他说看到不少富有侵略性的健美运动员，却激不起创作的欲望，倒是跑步、游泳后自然形成的匀称体型更能找到雕塑生活化的真实感觉。这也在聚会时成了朋友们调侃和"恶搞"我一下的轻松话题。其实，长年伏案读书、写作，已经让我有些驼背，还有与此相关的一些小毛病。有一条我是知道的，这主要是跑步带来的，长年在户外艰苦的长跑自然稍稍调节了你的体型和身体气质。

长跑者在路上

道路不同会给跑步带来不同的感受，我跑步的路不外乎这样几种，市区街道水泥路、体育场塑胶跑道、环太湖镇湖和望亭段新修的柏油路以及吴中区太湖边盘山公路。塑胶跑道不去说了，那是最佳的跑步场地。新修的柏油路面也很养脚，平坦而稍有弹性，黑色发亮的路面配上路两侧的花和树，四季都有不同的景色，总是让跑步者莫名其妙的激动，不惜兴师动众驱车半小时之久，像赶一场盛会。其实真正长距离的跑步，很少有人能有暇边欣赏风景边跑步的，只有一个念头赶快结束艰苦的里程，好在湖边放松散步，畅快地呼吸和欣赏美景。市区道路严格讲不适合跑步，一是人行道和慢车道常常是合用的，有步行道的地方也不时有水泥桩或者墩这样的路障（防止有车一族随意停车），路面时有破损或莫名的起伏，早晚会有遛狗的人和三三两两聚集了聊天的老人，时时得注意避让，还有越来越多的汽车和排放的尾气，加上每个路口都有红绿灯阻隔，影响跑步的节奏和情绪。更有一些忽然间加速的电动车从身边风驰电掣般经过，往往是拐弯和变向都是那样的突然和毫无预兆。太湖边盘山路有上下坡，而且水泥路面被机动车压得转弯道上有破损的小坑，有时路面上会有一些小小砾石，不小心会伤到脚，上下坡度稍大的地方对跑步者的膝盖会有运动损伤，所以平时跑步尽量不去有上下坡度的盘山公路。

适应路和适应人道理是一样的。一个跑步小组的成员从陌生到熟悉并定期约跑、经常交流，成员之间也像人和道路一样，需要彼此的理解、适应和信任。

我过去有高血压，吃了几年的降血压药物，后来医生建议我要换药吃，一种药物吃了几年后药性会减弱，其实当时我跑步和素食已经快两年了，测量后发现血压都在高血压的临界值左右了，所以就干脆放弃吃药了。但刚开始自己还不放心，时常记得要去医务室量一量。我想，血压的下降跟生活方式的改变，如不抽烟少喝酒，每天花费大量时间在跑步路上是有关系的，感冒减少了，说明身体素质好多了，生命质量的改良会提高生活的质量。像我这样每天花这么多时间去运动（最多的时候要4小时左右）的人是极少的，一要有时间，二要有毅力。丢掉药罐、有益健康是在路上有说服力的理由和心理基础。

我有四五双跑鞋，有李宁、耐克和阿迪达斯，视心情和跑步里程轮着穿，两双放单位，三双放家里。喜欢跑鞋就像孩子们喜欢心爱的玩具一样，而且对每一双鞋各有喜欢的理由。它们都被摆放在醒目而重要的位置。对跑鞋的认识也是随着对跑步的痴迷而加深的，现在要是偶尔进超市商店都有看看鞋子专柜的习惯。随着眼光的挑剔，一般的鞋子已看不上眼了，必须是专业的体育用品商店才会有我喜欢的鞋子。鞋子必须跟脚，轻便，抓地力强。一双新鞋子脚上一套，立马精神一爽，就像出厩的马驹儿，伸展踢踏着蹄子就想撒欢。如果能正好真真合脚的话（因为每个人的脚型都不一样）那就最好不过了。我的几双不同的跑鞋穿在脚上都有不同的感觉，

"如人饮水，冷暖自知"这句话我认为可改成"如足适履，冷暖自知"。不是吗？有时候，一两个小时跑下来，不合适的鞋子会让你的脚趾磨出血泡，袜子会留下大块血斑。碰到一双心仪的鞋子你有舍不得穿的想法。对跑坏的鞋子，常常也不舍得马上扔掉，仿佛它们都有记忆似的，记录着跑过的那些路程和心境。我对运动袜一向不讲究，有时脚趾处有个洞也照穿不误。跑步之后，"领队"说要穿专门的跑步袜，他先带了几双给我试穿，原来也是从专业运动商店买来的，就是加厚了一点，在着力的部位作些处理，加点布衬或者垫子。穿鞋着袜是跑步中的装备问题，连技术性问题的边都搭不上，但其重要性却是不言而喻的。这一切都是为了让你在路上跑步时更有信心。

跑步（运动）和思想的关系一直有人在探究，它们之间能够同步并有同谋关系吗？运动并保持一种状态，使正能量和正信息在你生活中发挥一定的作用是毋庸置疑的，这种积极意义上的彼此作用也是肯定的。但在我这儿，跑步时刻的思想这样的概念我没有，长距离的跑步就是感觉自己像个机器人，只有一些零碎的念头和纷乱的思绪飘过，不作思考就难以有什么形而上思想，甚至就想着忘却思想和"我执"，巴望赶快到达终点线。一个单一的运动其实倒是可以让你忘我和去除烦恼，因为你仅仅是一个机械运动着的人，一个在路上的人，这是在运动心理学之外可以讨论的问题。

（2010—2012 年）

诗余录

鸟 巢

我曾在初夏的麦田深处发现过布谷的鸟巢。其实，布谷鸟很神，通常是只听见它们的歌唱，但见不到它们的面，它们的真容真身太难见到了，像天使一样。它们是隐藏的歌唱家，它们在这个季节才会来到我们村庄，一会儿叫声渐渐远去，直至消失。我的邻居的一个小伙伴会用惟妙惟肖的口哨声将它引来，因为，那个声音太像一只布谷在召唤同伴了。麦子拔高抽穗了，太阳一天比一天热烈，大田的麦子生长的声音仿佛都能听到，土地的热力开始烘托了青苗，而布谷就适时来了，我一个人在田埂上发呆时，它像是从另外一个时空又转回来了，而且只在这个五百米见方的上空转悠，一会儿是昂扬的，一会儿是兴奋的，清脆的，直上云霄的歌唱，有时急迫，有时像在显摆，我忽发奇想，它的窝不会就在这下面吧？它应当就在离窝不远的一个空间半径盘旋上扬，鸣叫清脆敞亮直上云霄。我站在田埂上的胡猜居然是正确的，而其他时候总是荒诞不经。以它飞翔活动的中心划圈子计算了一下，径直向大田深处走去，于是，我离它划过的那么多道斜线的中心点越来越接近了，我边走边伸展手臂扒拨开两旁的齐肩的麦子，终于眼前一亮，果然如此。一只无比精巧的、洁白得晃眼的窝就在麦丛中，太奇妙了，椭圆的，持挂在四根略显粗壮的但靠得紧致的麦秆上，在顶端三寸处，正好隐蔽，又很着力，口子向上，呈15度角稍稍倾斜，那种细密的质地像是丝绸的，或者一个放大了五六倍的蚕茧，里面妥帖地躺着有雀斑的两只蛋。这精制的窝，洁白精美得像个瓷器，

我个人"鉴定"它就是布谷鸟亲生的，因为从我开始寻觅，它就不安了，在窝上窜上窜下死命尖叫，像是呼唤同伴，又像是歇斯底里的威胁，等到我找到站定在窝前，它甚至不顾危险冲到我的眼前。我克制着狂喜的心跳，将两只蛋小心翼翼地用搓起的三个小手指（其实也正好可以容我的拳起的小手完全探入）从窝里面夹出来，捧在手心里面，再东张西望了一下，确实没有人发现我的发现，这个时候大家伙儿都去午休了，周围没有一个人。我想定了，我就想守着这个秘密，过几天再来看望它们。我决定谁也不告诉，哪怕是我最信任的跟屁虫小妹妹，不，现在已经告诉你了，我的读者。

我想，大地上的鸟儿应当比人多吧，人的居所可是到处可见，鸟儿的居所就不一定了，起码城市里面不可能随处可见，它们总是要将巢建筑在见不得人的地方，因为它们知道人的可怕。四季更替的大自然会为鸟儿们提供最好的隐身处。我自己曾写过一首叫《鸟巢》的诗：

冬天，鸟巢
从光秃的树梢上

诗余录

一一现身
却难觅鸟儿的身影
大路上
偶尔可见
孤独的行人

春天里
树叶长出来
鸟儿们又回来了
可它们的巢
却看不到了

鸟儿们出动了
散布于广阔的原野和大地

——收入诗集《北凌河》(山东画报出版社,2010年版)

多年后,我曾读到英国诗人华兹华斯一首《致布谷》的诗,记忆犹新。起句即是:"欢乐客人!我听到了,／我听到你多么欢欣。"布谷激发诗人的无限诗情:

欢迎欢迎,春的娇宠!
直至今天我认为你
绝非什么凡鸟,而是
一个音籁,一个神秘;

> 这个声音自幼时起
> 我便对它那般迷恋；
> 为此，灌木、树上、天端，
> 我曾寻你何止千遍！

　　终于明白，原来在久远的异国他乡，一个诗人曾经对布谷有过如此的"痴情"。当我读到这首诗的时候，恍然以为是穿越时空而来的同一只布谷呢。诗人在结尾处的神来之笔尤其让人难忘：

> 神奇的鸟！这里重觉
> 脚下的土地变得异常，
> 恍如灵境仙乡一片，
> 最适合你往来徜徉！

（引自高健译著《英诗揽胜》，北岳文艺出版社）

　　中国古代诗人写到布谷（杜鹃）却都与一则杜鹃啼血的传说故事相关，其中以李商隐《锦瑟》中的"望帝春心托杜鹃"最为有名。传说周朝末年蜀地的君主，名叫杜宇，后来禅位退隐，不幸国亡身死，魂化为鸟，暮春啼叫，以至口中流血，其声哀怨凄悲，动人心腑，名为杜鹃。而刘禹锡有一首写鹤的《秋词》，别有豪迈之情，令人难忘，倒也暗合华兹华斯的吟唱的调门：

诗余录

> 自古逢秋悲寂寥，
> 我言秋日胜春朝。
> 晴空一鹤排云上，
> 便引诗情到碧霄。

人到中年，在双休日，我在苏州周边太湖、石湖滨水道跑步时，曾见到过观鸟协会的人埋伏在树丛或者芦苇荡中用高倍望远镜侦察鸟儿们的起居之处和外来候鸟的迁徙路线，因为鸟儿们也是围绕着巢早出晚归的，而短时间滞留的候鸟是不筑巢的，它们比起本地的鸟儿来，往往惶惶不可终日，需要成群结队栖息于湖心沙洲或近岸树丛，并且要放出观察哨和流动哨，一遇风吹草动即刻惊惶乱飞。

翻阅鸟类专家的专著才知道，一只漂亮鸟巢的建造实在有人类无法想象的艰辛。真有精卫填海的悲壮。鸟儿的工具就是自己的身体，它们从外面用嘴衔来适用的材料交叉搭起粗陋的支撑架后，接下来，就是用自己的胸膛来一次次挤压建筑材料，让它们变得柔软、顺服，然后再根据自己身体的比例，不住地转圈儿，从各个角度往外推挤未来居所的墙壁，所以，决定鸟巢这个圆周的精巧弧度的，让其成形的办法就是鸟儿的身体，这些草梗、细枝最后要服帖成一块像工厂流水线上下来的精纺毛毡。这样的一只巢穴，不经过鸟儿用胸膛去千万次的撞击、碾压，用自己的体温去熨服、抚平，并获得其所需要的结实曲线，几乎是不可能的，而这项工程往往是由那个将来要生育下一代的雌鸟儿来完成的，这种孕育新生命的母爱激情产生了我们无法想象的强大动力。绝大多数的雌鸟可以称得上是巧夺天工的建筑师和纺织娘，就地取材，合理搭配，巧妙运思，实用、舒适与美观几乎做到了完美结合。有些巢外观粗陋，枝条横七竖八，内部却如陶瓷般圆润，铺垫着一层细密柔软得像羽绒般的建材。雄鸟儿呢，往往扮演的是搬运建筑材料的任务，真正筛选合适的建筑材料往往也是由雌鸟完成的，它们的争吵常常是由于雄鸟的偷工减料或者建筑材料不适用而引发的——

其实是若干年后我才知道，布谷又名杜鹃，是鸟儿中的混蛋，它从不建造自己的鸟巢，干的是不劳而获的勾当。它总是在窥视孵蛋中的母亲，一等它离开立即行动，将鸟儿的蛋打碎后扔掉，换上自己的宝宝，然后交由这位处在强烈母爱中犯糊涂的母亲来完成孵化任务，它的恶劣行径还常常不易发觉。但我亲眼所见到的这只巢是谁的呢？打破我的脑袋也想不出来。于是我认定书本上是错的，要不，就是同科不同类的，鸟儿中的另类。

它，就是布谷的，属于那个初夏，属于那个敏感的乡村少年。

诗余录

周庄：越古老越青春

周庄的出名不是因为她的新奇建筑、她的商业气息、她的摩肩接踵的旅游人流，而是由于她的"旧"，她的"古"，她往昔的生活形态，她原来的模样，国人旧记忆中隐约的家园感，使得她越是古老才越发青春。

最近，因《青春》杂志组织的一次采风活动，和顾前、育邦、黄梵、臧北、汉明、苏野等一干朋友又走了一遍古镇。我们离开导游和喧嚣的人群，无目的地在镇上乱走乱撞。

周庄是依河而生的，傍河建街，河埠边建有骑楼和廊桥连通街市水巷，一些老建筑粉墙黛瓦，重脊高檐，砖雕门楼，庭院深深，散发着旧江南小桥流水人家的古朴元素和书香门第、耕读传家的典型风范。在临近河坡的地方，一位老汉已提前将几只晚饭的小菜搬到河边的低矮桌子上，悠然自得地举起黄酒盅，准备享受这一天中黄昏的"仪式"。我们随意走进了他的老宅院，看到晾晒在水泥地上笋筐中的金黄色虾米和被我们一伙人吓得躲藏到院落一角的仓皇小狗。堂屋的正面墙壁上，有已经生出霉斑的一排三好学生的奖状。从醒目位置的旧奖状上可以看出，这个略显破败的旧宅院，依然延续着耕读传家的希望，让我们生出一丝丝的感动。很多的传统丢失了，就像飞去了的鸟儿不再归巢，但还有一点儿关于读书与文化本身的信念在生活基因中留存着。

周庄古镇和周边上海、苏州等大中城市的不同之处，就在于她的郊野之气。她的周边还有湖和农田。我喜欢看到镇边与田野、河湖相连接、相过渡的部分，总是有一种迷人的气息，因为古镇的生机除了来自遥远的传承，还得益于深厚的地气。苏州城市园林中的沧浪亭，也正是因其山林野趣的疏朗，成了我爱去的理由。

我们来到周庄，正是风和日丽的春夏之交。从周庄舫上远眺白蚬湖浩瀚的水面，隐约见到田野中麦青变黄。我让想象延伸开去，似乎远方柳林披绿，香蒲抽穗，渔家持篙高歌，满载而归，一字排开的鱼鹰们神气活现地立在船头。那个渔夫的形象应该从顾前和育邦当中选出一个来比较靠谱。他们都不会亲自拉网捕鱼，而像是自己在小船上饮酒作乐让鱼鹰干活的家伙。待酒兴正酣，不知谁先跳入水中唱起古老的渔令小调，鱼鹰们也纷纷跳入水中，上下翻腾，此起彼伏，重新忙得不亦乐乎。喜欢收藏鉴宝的顾前可能因为随身带着一把雁翎，把天上路过的野鸭们都"骗"了下来，可当老顾生出逮住一只的心思时，"雁群"又集体升空、离去。其实，你要真是从鸟儿飞翔的高度看出去，远处的新区厂房树立，如果半径再扩大一下，现代化高楼里面装满了候鸟般的上下班人群，会大扫雅兴。

当今，在现代化和城市化的过程中，不知怎么的，人们的消费主义观念和欲望需要某些符号来满足。他们立马锁定了欧美风格的建筑及其所代表的潜台词：洋气、有身份、文化品位、格调、奢华……事实上，这是一种全社会崇洋现实和文化自卑心理在城镇规划和建设上的反映。越稀奇反差越大越被追捧，贪大求洋总是有市场需求，各地城镇趋之若鹜。2012年度普利兹克建筑大奖为什么选择了中国建筑师王澍？看到他设计的宁波博物馆、杭州南宋御街博物馆等，我有点儿明白的意思了。虽说从呈压倒性优势的西方建筑师手上抢活儿实在不易。宁波博物馆在外观设计上大量采用了当地旧城改造中收集起来的旧砖瓦、陶片，形成了24米高的"瓦爿墙"，同时还巧妙运用了江南的毛竹制成特殊模板的清水混凝土墙。一定是这种从"老"和"旧"中创造出的中国本地风格打动了评委。周庄呈现的典型江南水乡特色多少年来被小心呵护着，未被城市化和现代化大潮荡平，确属难得。从陈逸飞的画作《故乡的回忆》（又名"双桥"）到落在实体上的古镇周庄，从"养在深闺无人识"到如今"天下何人不识君"的5A级景区，号称天下第一水乡古镇。周庄的横空出世本身，就是一个成功的文化策划的经典范例。在这样的时代大背景下，越"老"越"旧"的周庄反而越显时尚，这是"老"和"旧"的新传奇，历久而弥新。

我在想，白天游人如织、喧嚣热闹的周庄背后，一定有一个安静、默然的周庄，这是以水为天，世代生活于水乡的居民们悠然慢生活的周庄。我想象那个当年有点儿孤僻、困在水中央、因交通不便而得以保存的世外桃源，今天还能依旧唤起人们对故园的依稀记忆和想象，就像穿镇而过、不算清亮但依然是活水，依然有鱼儿出没，依然照得见两岸流逝的车水马龙风景的河流，是有源头的活水。

不知不觉间,夕阳像古镇街道转角处蹲着的一个孩子,突然向我们微笑的脸上扔来了第一颗雪球,幻化出五颜六色的光芒,然后一群孩子从四面八方涌出来,都在效仿着边跑边向我们发起进攻,带给茫然不知所措的幸福的,正是那漫天的晚霞。而接替晚霞的路灯霎时间亮起来,古镇像一艘画舫,在水乡泽国中摇曳生姿,风情万种。

夜晚来了。外来的游客们兴奋得东奔西走,仿佛古镇是一个精彩的时间隧道和人生舞台,总是生怕自己错过,这个时刻和另一个时刻已然交错,就像面对面两列高速行驶中的列车,全然不知这是夜晚的把戏,他们聚集在富安桥和双桥上,听河水静静流淌的波声,直到天上月光这条汹涌的大河已然流失殆尽。

此时,本地的居民早已睡下了,他们对古老生活的信念或习惯像水流一样优雅和缓慢,这信念或习惯对于他们而言就像船只上的压舱石一样重要,支撑他们在明天日出时照常醒来,开始新的一天。

二、经典意味

借鉴与创新

中国新诗的历史不足百年，相对于源远流长的中国古典诗歌，她还仅处于"哺乳期"。中国新诗虽脱胎于古典诗歌，但古典诗歌对中国新诗的直接影响我认为并不大，因为新诗和古典诗歌各自所面临的情境等等已发生了深刻的变化，加上新诗产生的先天不足和后天成长环境的影响这两个主要因素，决定了推动新诗发展的动力和机制与古典诗歌的迥然有别。一方面，二十世纪之初，中国社会发生了前所未有的深刻变革，废科举，改文言，尤其是"五四"运动之后，随着"德先生""赛先生"的引入，一代中国知识分子与传统的心理模式和文化背景发生了断裂。大的不提，单就新诗而言，中国古典诗歌经过几千年的发展已自成体系，其抒写内容、思维心理、艺术规范等已十分自足、成熟、圆满，甚至可以说形成了一些定式，新诗创作一时也只能在其系统外运作；另一方面，西方列强对旧中国实施炮舰政策后，国门逐渐洞开，形成了西方外来文

诗余录

化对中国本土文化的巨大冲击，并逐步显现融突、和合的趋向。由于中国新诗从诞生之日起就因缺乏本土文化之根的依托而显得幼稚和孱弱，因此，外来文化、外来诗歌对她的直接影响也就不言自明了。

外来文化，确切地说外国诗歌，作为重要的参照体系，一直伴随着中国新诗的成长，在某种程度上起到了"保姆"的作用。像十九世纪西方浪漫主义诗歌之于郭沫若的《女神》，里尔克之于冯至，凡尔哈伦之于艾青，苏联马雅可夫斯基那一代诗人之于贺敬之、郭小川，西方现代主义诗歌之于九叶诗派诸诗人……这些影响或多或少存在着，是有迹可寻的。

对于我们这一批六十年代出生、八十年代接受大学教育的写作者而言，外来文化、西方诗歌对我们的影响无疑是占了主导地位。这也契合了当时文艺思潮所处的特定时代前景。可以说我们都是喝狼奶长大的一代。当然，换一个角度，我们所读的已经是外国文学的汉译本（能直接阅读原文者除外），广义上说，这也已成为中国文学的一部分了。

就我个人而言，一开始接受的诗歌启蒙教育是中国的古典诗歌。当我还是个小学生，坐在自行车前杠上，父亲送我上学的路上就教给我许多古诗词。诗人的概念自然就是李白、杜甫、王维。真正促使自己拿起笔进行诗歌创作的直接诱因，除了部分中国现当代诗歌，就是外国文学，特别是外国诗歌的影响。二十世纪七十年代末、八十年代初，我已经是一个狂热的文学少年了，把能找到的文学类作品几乎读了个遍。在将《鲁迅文选》《金光大道》《暴风骤雨》《林海雪原》《李自成》等几十部中国文学的大部头和郭沫若、艾青、田间、臧克家、郭小川、闻捷、李瑛等人的诗歌读完后，阅读范围逐步扩大到外国文学。说实话，当时能找到的作品好像总是跟不上阅读速度。随着对文艺的解禁，一些以前甚至闻所未闻的中国现当代作家、诗人的作品和苏俄、欧美文学作品一时扑面而来，胡适、废名、鸥外鸥、苏金伞、汉园三诗人、九叶诗派、白色花派……，普希金、莱蒙托夫、马雅可夫斯基、阿赫玛托娃、叶赛宁、莎士比亚、勃朗宁夫人、惠特曼、狄金森、费罗斯特、马拉美、波德莱尔、聂鲁达……。对外国文学的翻译虽然一开始还是有节制和有选择的，但这一切已经深深地激荡了一个少年的心，尤其是他们诗篇中关于爱情和梦想，哀伤和死亡以及有关理想和社会变革的主题，令我沉醉，这些"摹本"，刺激了我最初的创作热情，促使了我文学梦的生成。

有时我在想，我们这一代人的文学阅历和翻译家们真是结下了不解之缘，这恐怕也是中外文学史上的奇特景观。对我们中的多数人而言，因为国学底子的浅薄，自己国家的文学也只有几十年的书可读（指白话文兴起以来的），这之前的中国文字需要上一辈人的翻译；同样，外国文学，除了极少数能够直接阅读原文的人除外，更是需要依赖翻译家的劳动。

有哲学家说：读书使人明智。而《癌病房》的作者索尔仁尼琴借作品主人公的话说：读书不能增加人的智慧。这话倒是符合佛家的理念，智慧是你本来就有的，只是你还没有觉悟到而已。还有我们爱说的：你喜欢的东西本来就是你自己的（这是专指读书）。也就是说，在你读书时，你同时体验到了书籍以及书籍呼应自身需要的双重妙处。正因为如此，读书也成为我们基本的生活需求。

外国文学的确为我们打开了一扇又一扇崭新的窗口。在整个八十年代，我都处于如饥似渴的阅读状态中，当时似乎正处于一个

诗余录

译介外国文艺作品的高峰期,我们接受外国文学的速度差不多快要与翻译同步了,而且几乎照单全收。我们曾经毫无羞耻感地说,我们对外国文学的熟稔程度远远超过了本国文学。即使在今天,你要我列出百部有印象的外国文学作品,可能有些勉强,但如果缩减到十部左右,而且是小说纪实一类,我会脱口而出。因为在大学时代,这些作品曾给我强烈震撼,在同学中并引起过热烈的讨论。

《平原上的烈火》(胡安·鲁尔夫,墨西哥)

《局外人》(加缪,法国)

《日瓦戈医生》(帕斯捷尔纳克,苏联)

《古拉格群岛》(索尔仁尼琴,苏联)

《洪堡的礼物》(索尔·贝娄,美国)

《海明威短篇小说选》(海明威,美国)

《变形记》(卡夫卡,奥地利)

《莱尼和他们》(伯尔,德国)

《博尔赫斯小说选》(博尔赫斯,阿根廷)

《我们的祖先》(卡尔维诺,意大利)

《在铁芬尼进早餐》(卡波蒂,美国)

我所以列举小说类而非诗歌类,因为诗歌我要列举的名单会更长,而一些我喜欢的外国诗人的作品并没有单独的个人译本,只是在选集中出现过。

在外国小说家中,我最偏爱的还是墨西哥作家胡安·鲁尔夫。这是一位奇特的作家,他没有写过鸿篇巨制,只有一本短篇集《平原上的烈火》和一部中篇《佩德罗·巴拉莫》。中年以后,他自动放弃了小说创作,转而从事本国民俗学的研究,这有点儿类似我国作家沈从文。读他的小说,你会觉得再也没有谁比作家本人更加了解和洞察墨西哥土地上所发生的一切了，他的作品是人性的"百科全书"。但这一切又是那么自然、淳朴、不动声色，因为作家本人知道这是生活本身的故事。与他同时代的作家，后来写出过《百年孤独》的加西亚·马尔克斯这样评价胡安·鲁尔夫："对胡安·鲁尔夫作品的深入了解，终于使我找到了为继续写我的书而需要寻找的道路"，"他的作品不过三百页，但是几乎和我们所知道的索福克勒斯的作品一样浩瀚，我相信也会一样经久不衰"（加西亚马尔克斯《番石榴飘香》"回忆胡安·鲁尔夫"）。我一向认为，胡安·鲁尔夫才是真正的"作家中的作家"，或者说他的国家最真实的"发言人"。读他的作品，你甚至感受不到他是位外国作家。我曾经跟朋友们开玩笑说，如果外星人想了解地球人类的话，只要保留鲁尔夫的一个短篇集也就够了。这是一位对我的写作产生过重要启示作用的伟大作家。

我在想，一个作家，他对现实的洞察能力和把握能力越强，对事物的复制越是真实、细致、精确，就会给人以失真的恍惚感，也就像一场恰如其分的梦境。读过胡安·鲁尔夫小说的人会得发问，我们又怎么能够知道我们不是每天生活在梦境之中呢，越是追问，越是觉出可疑，事情不由得也就严重起来。

这样的小说，不由自主地让我想到小说之于我们的意义来。这是不自量力，力图把问题往大处说了。关于小说的定义，一般词典和小说的专门阐释家们自有高论。而在我看来，无论小说的发生学有多么高深，说白了，小说的一个重要意义无非是帮助人类造梦，那么小说家们便是造梦机器。几年前，我在《大智度论》中读到一则故事，其中"狼与羊"的关系可能更有说服力一些。

国王座下有位宠臣，他贪赃枉法、巧舌媚言、作恶多端，当国王有所察觉时,他又想方设法隐瞒所有的罪状。一天,国王说:"你去牵一条无脂肪的肥羊来,如果做不到,我便要治你的死罪。"那位宠臣很有智慧,他找来了一头大羊,一天喂三次草和谷物,用心饲养,同时,他又找来了一头狼和它拴在一起,使它只顾着拼命吃东西来减缓恐惧。结果,羊得到了丰富的营养而日益肥壮起来,但却不生油(脂肪)。国王派人宰杀了这头大羊,果然是肥壮而没有脂肪,只得免去了他的死罪。国王耐不住好奇问他:"这实在是不可思议,怎么会在我的国家出现这种情况的呢?"大臣据实作了回答。

如果说在二十世纪小说还大行其道,而且在诸艺术种类中占有突出地位的话,到了二十一世纪,小说的命运已江河日下了。现在,恐怕大家都知道,再杰出的小说家也做不了"迷途羔羊"的导师了。新世纪对从事小说创作这门行当的人来说,有时不能不说是十分悲哀而又无可奈何,只得委屈地做一只"狼"。文艺早已远离了单一的文以载道的轨道,小说家们早已无法担当人类灵魂的"工程师"这样崇高的使命。其小说只能是造梦,或者是梦中说梦而已。如果他还把自己认作万能的神,拥有不容置疑的创造能力,具备真理代言人的资格,则更是一种不合时宜的幻觉罢了。

正是基于上述想法,我私下认为,小说的终结意义可能就是一句设问:"我们为何生于此?"它仅仅是一个问题,而且拒绝提供答案。那么,我们到底为何生于此?它又能作为小说的终结意义吗?我还很想请教当今小说家们。

和小说一样,诗歌的命运同样不令人乐观。但我们也不必过多地为诗歌的前程担忧。记得几十年前,曾有人询问智利诗人聂鲁达,2000年是否仍有人读诗写诗。其实这没有问题,只要人类仍存在希望与欢乐、痛苦与忧惧，诗就不会消亡。至少在我本人，多年来我一直保持着阅读古今中外诗歌作品的习惯。在外国诗人当中，就我个人的阅读所及，我比较偏爱的还是现当代部分，如美国的费罗斯特、庞德、威廉斯、斯蒂文斯，法国的雅姆、兰波、艾吕雅、普列维尔、博纳富瓦，西班牙的洛尔迦、阿尔维蒂，葡萄牙的佩索亚，英国的叶芝、希内，智利的聂鲁达，俄苏的叶赛宁、普宁、阿赫玛托娃，黎巴嫩的纪伯伦，秘鲁的巴列霍，新西兰的巴克斯特，古巴的何塞·马蒂，德国的里尔克……在所有这些诗人中，最令我心仪并对我产生过积极影响的诗人首推费罗斯特。

　　费罗斯特在美国几乎是家喻户晓的一位诗人。记得八十年代我在大学读书时，曾问过一些美国留学生，费罗斯特的诗几乎人人读过，不少人还能背诵几首，就像我们熟悉唐诗宋词一样。费罗斯特在美国的前半生可以说默默无闻，虽然他已经写出了在当时十分杰出的诗歌，可在崇尚个人奋斗去实现"美国梦"的氛围中，特立独行的费罗斯特却找不到他的诗歌市场，即将年届不惑的他不得不携全家远走英伦，去另一片天空下闯荡。他的远走他乡既没有出于政治的压力，也不是出于寻觅精神故乡的原因，长期的经济困窘也许是一个考虑，更多的可能是出于执行内心深处"异乡的命令"，去摆脱和反抗美国盛行的社会通用文化。虽然他与庞德、叶芝、艾略特等人也有过交往，但他在英美二十世纪风起云涌的各种现代主义浪潮中始终我行我素，坚持自己的艺术主张，哪怕是面对"保守""固执"这样的指责。费罗斯特固守农场，与美国传统的西部拓荒精神并不相干，也并非是退守和隐逸的象征，就像我国古代文人所追求的"世外桃源"境界，更多的是出于谋生的需要。他的诗歌从不逃避现实，相反，他提供给我们的是鲜活的"美国经验"。

诗余录

在美国这个最发达的工业化国家中,他摒弃世俗价值,反抗流行文化,着力构建属于美国自身的而又在二十世纪失落的文化,从这层意义上讲,他拓展了美国诗歌的疆界,可以说是一个真正的"拓荒者"。今天,我们读他的"一条未走的路""垒墙""林中空地""泥泞时节的两个流浪汉""奔逃""一簇红花""致解冰的风"等诗篇,依然能感受到诗歌的勃勃生机和活力。他的诗歌在二十世纪的美国诗坛是那样的个性突显,独树一帜,同时,他也谨守着文化上的某些禁忌。他毫无疑问是美国最有代表性的民族诗人之一。

我重点列举了两位对我个人写作带来积极影响的作家、诗人,他们长期在本国生活,对自己的国家有着深入的了解和洞察。他们多年来默默写作,不媚时俗,保证了他们艺术上的独立性;同时,他们又十分注重对本民族文化资源的开掘和利用,使他们的写作与自己的国家、民族建立起一种真正的对应关系,并契合了时代要求,维护了艺术的尊严。两位作家、诗人的实践,给中国作家、诗人带来了有益的启示。

一是如何应对和消除外来影响的焦虑。随着全球信息化浪潮的兴起,各个国家和民族之间文化的相互交流越来越广泛、深入,这就带来了所谓"全球化"的问题,其实质可能是以西方中心主义为主导的全球一体化,即将西方文化艺术发展的历史经验视作具有普遍性的绝对价值。作为中国作家、诗人,绝不应随波逐流,应该保持自身的美学观和价值观,去应对这种艺术上的所谓普遍原则,这也涉及一个作家、诗人的归宿感的问题。我理解,所谓的普遍艺术原则,可能也正是一些陷阱。我们对世界文学的参与程度越深,认同性就越大,全球一体化的进程会越快。这里面就隐藏着深刻的艺术危机,因为所谓的艺术普遍原则,可能意味着灵魂的集体贫乏。

这就要求中国作家和诗人们要正确处理好整合世界艺术潮流与民族精神、现代性与民族性、普遍原则与自身道路之间的关系，只有立足本土、站稳脚跟，巩固自己的文化根基，才能不惧怕"混血"，自觉地、有选择地吸收外来文化艺术的影响。

二是挖掘和利用民族文化和诗歌资源的问题。努力开掘和有效利用好自身民族文化、诗歌资源，需要我们走民族化的道路，创造出有中国气派和中国风格的文学艺术作品。走民族化道路要防止两种极端倾向，一种是盲目排外，根本不去关心和研究世界文化发展的总趋势和新潮流，不吸收对我们有用的文化资源，这在二十一世纪的今天不仅是做不到的，而且难以为继，这种闭关自守，正如担心喝狼奶会长出狼尾巴一样可笑；一种是狭隘的民族主义，具体表现为夜郎自大、沾沾自喜的文化心态。一味排外和盲目乐观都不可取。中国作家、诗人要有平等的眼光、审慎的态度和超越的勇气，去学习、综摄外国文学。从文化诗学体系上区分，西方由亚里士多德所奠基的作为"原创诗学"的模仿诗学与建立在中国古典诗歌基础上的"情感性灵表现"诗学是大异其趣的。中国文化诗学讲人与自然、自然与内心的和谐统一，中国诗学讲"天人合一""悲天悯人""独抒性灵"以及"乐不淫，哀不伤"等美学原则。我理解的中国艺术往往是作为圆满人生、滋养性灵的手段，要求是要有益于我们的心灵和生活。从这个意义上说，我们的文化传统不是僵死的，而是有血有肉的、呈现生长状态的有机体。

诗余录

另眼看中国的费正清
——《费正清中国回忆录》[①] 读札

另眼看中国，有另眼相看的意思。在传统的西方中心论的背景下，费正清（John King Fairbank）对近现代中国（包括东亚）的研究是独树一帜的，也配得上他的中国好朋友梁思成、林徽因伉俪为他所取中文名字的"命名"本义。正如萧乾所说："这是对我国感情最深厚而成见最少的一位正直的美国学者。"

费正清作为哈佛大学终身教授，美国著名历史学家，最负盛名的中国问题观察家，还曾是美国政府外交官、政策顾问。主要代表著作有1948年初版并经多次修订的《美国与中国》，多卷本《剑桥中国史》（与英国历史学家崔瑞德共同主编），《东亚文明：传统与变革》（与赖肖尔合著），以及临终前交付出版的《中国新史》。有人甚至将他这一脉的研究冠名为"费正清学派"。要直观地了解他

[①] [美国]费正清《费正清中国回忆录》，中信出版社2013年8月版。

的学术与思想，从《费正清中国回忆录》入手也不妨为一条捷径。在此书中，费正清回顾了自己长达50年的中国情结与中国研究，讲述了他一个人的中国史：体察与分析，研究与探索。

读《费正清中国回忆录》，可以帮助我们从世界史的视角，来认识本国历史，即周有光先生所说的"从世界看中国"，当然其中也有一个外国人的"从中国看世界"。其实早在1845—1846年马克思和恩格斯合著的《德意志意识形态》中就说："各个相互影响的活动范围在这个发展进程中愈来愈扩大，各民族的原始闭关自守状态则由于日益完善的生产方式、交往以及因此自发地发展起来的各民族之间的分工而消灭的愈来愈彻底，历史也就在愈来愈大的程度上成为全世界的历史"。当代有识见的历史学者，已经认识到现当代历史首先是世界史。像赖因哈特·维特拉姆就说：没有世界史，历史学就毫无意义。

作为敏锐的历史学家，费正清发现，不同国别的历史学家都会根据自身对历史的认知来划分历史阶段。如1793年马戛尔尼勋爵作为英帝国的第一位大使来到中国，意图使中国对英开放通商。具有讽刺意味的是，英国认为东亚近代史的开端是从这一年开始的，而中国却将1840年的鸦片战争作为近代史的开端，这两者的意义截然不同。也许我们可以从蒋廷黻所倡导的"现代化史观""现代化叙事"来解读这一划分的不同含义。

蒋廷黻先生是一位有外交经验的史学家，有着独到的眼光与判断。他撰写于1938年的《中国近代史》一书中就认为"一七九三年正是乾隆帝满八十岁的一年，如果英国趁机派使来贺寿，那就能得着一个交涉和促进中、英友谊的机会。"马戛尔尼勋爵来了，正如他在书中所说："交涉的目的有好几个：第一，英国愿派全权大

诗余录

使常驻北京,如中国愿派大使到伦敦去,英廷必以最优之礼款待之。第二,英国希望中国加开通商口岸。第三,英国希望中国有固定的,公开的海关税则。第四,英国希望中国给他一个小岛,可以供英国商人居住及贮货,如同葡萄牙人在澳门一样。"但中国都拒绝了马戛尔尼的要求,蒋廷黻认为"那次英国和平的交涉要算完全失败了。"[1] "那次的战争我们称为鸦片战争,英国人则称为通商战争,两方面都有理由"。蒋廷黻先生得出结论:"就世界大势论,那次的战争是不能避免的。"[2] 我想起米歇尔·福柯在《什么是启蒙》中将现代性"想象为一种态度而不是一个历史的时期",这里所说的"态度",指的就是与当代现实相联系的模式。这也彰显了福柯将现代性作为一种世界观的思想方法。

可是历史学家这一身份,往往总是使得这一群体成为本国历史最雄辩的维护者,如果失却了宏阔的胸襟和科学的精神,又很容易走向钱穆先生所言"尤必附随一种对其本国已往历史之温情与敬意"的反面。修昔底德早就认为,历史解释的最终关键在于人的本性。英国历史学家杰弗里·巴勒克拉夫在《当代史学主要趋势》一书中曾提起一段往事:1914 年以后,欧洲历史学家纷纷转变为主战派,都从本民族传统的角度来解释历史"事实"。很难设想,这样一个史学界怎么会是无偏见地追求"客观"真理的国际性学者团体呢?可在《费正清中国回忆录》一书中,我读到了作为美国历史学家的费正清对 1930 年中后期日本全面对华侵略战争时美国采取的战争与政策问题的批评:"当时美国的反应是继续保持孤立主义的

---

[1] 蒋廷黻《中国近代史》第 9 页,岳麓书院 2010 年 1 月版。
[2] 同[1],第 14 页。

态度，这种保守经常被理想化为反战态度，如今看来却很难令人信服。事实上我们的外交策略分为三种情况：向东对欧洲采取避免卷入战争的'我们不介入'的策略；向南对拉丁美洲则采取门罗主义的'你们别介入'的策略；而向西越过太平洋采取门户开放的'我们都介入'的策略。总而言之，孤立主义的软肋就是远东地区。"说到一些美国历史上存有争议的问题，作为特定国别——美国的历史学家，他既有澄清，当然也有辩护，确实能引发我们对有关历史的认识与进一步的思考："门户开放政策称得上是具有英国风格的传统方式，是美国理想主义与利己主义的配合——1895年甲午海战日本战胜中国后，欧洲列强在1898年获得了多项特权——（美国）门户开放政策中要求对各国贸易施行平等开放——最初的对外开放政策意指在中国平等与投资的机会，换句话说，其实是在不平等条约下，要求中国对外开放。但是约翰·海（国务卿）于1900年第二次制定的条款中指出了中国行政和领土的'独立存在'（后来这个词改为'完整'），其目的在于避免义和团运动所引发的危机期间中国被帝国主义瓜分。第二次的门户开放政策实际上是赞成中国有机会继续成为（或成为）一个国家"。

　　回忆录中他讲述了半个多世纪与中国有关的个人经历，尤其是他的生活与工作中所结识的蒋介石、宋美龄、孔祥熙、陈立夫、戴笠、史沫特莱、周恩来、邓小平、叶剑英、尼克松、基辛格、胡适、傅斯年、蒋廷黻、梅贻琦、蒋梦麟、郭沫若、梁思成、林徽因、费孝通、龚澎、乔冠华、周培源等风云人物，这是任何一个研究中国现当代的历史学家所难以打破的一个传奇记录。可以说他是参与历史、亲历历史、观察历史的得天独厚者。经过观察与比较，他对国共双方作出了自己的评价。下面是1943年11月9日他给美国国内官员的信件,虽然跟政治家谈理想真是书生气十足的事:"——我已经逐渐对中国的政治家性格形成了极低的评价,在我看来,幸好他们只是一群毫无道德的机会主义者,而非宗教狂热分子。目前,这个国家甚至不具备法西斯主义的品质,因为人们一直只是为了生存而抓住每一根稻草,因此绝不会轻易放手。这里所谓的品质是一种忍耐和顽固,并非我们所说的勇气——从本质上看,中国的问题是理念与理想的问题,而不是所谓的经济学或技术的问题。如果政府或者高层人士能够拥有一种真正的理想,他们自然可以通过带领人民而掀起翻天覆地的巨变,但这些变化并不能巩固加强其地位。最终的结果是,我们必须等待某天一场伟大的中国革命爆发。""1928年后的国民党从支持商业的意义上说,并不是保护资本主义,它只不过是一个纯国民党的政府,一个新的派系,一个黑帮,一个如同封建王朝的家族一样掌控了中国政治的利益团体。""延安共产党人蓬勃的朝气和朴素的平均主义早已因埃德加·斯诺的《红星照耀中国》而为世人所知。每一位去过延安的旅行者都可以证明书中的情景,包括迈克尔·林赛、雷·卢登领事以及一些医务人员,远方的延安正在散发着光芒。"

与此同时,他对抗战时期分散在西南联大或者李庄的那批中国学者的敬佩之情溢于言表。1942年11月下半月,他到李庄看望他的好朋友梁思成夫妇等一批中国学人后,发出这样的感叹:"在如此恶劣的条件下,我被学者朋友们继续从事学术研究所表现出的不屈不挠的精神深深感动。依我所想,换作美国人,我想大家一定早已丢下书本转而去寻求如何改善生活条件了。而如今接受过高水平训练的中国学者却接受了原始的农村生活,并继续致力于学术研究事业。"

关于对历史上的农民运动、农民起义的作用，政治家和史学家各有看法。毛泽东在《中国革命和中国共产党》中认为："在中国封建社会里，只有这种农民的阶级斗争、农民的起义和农民的战争，才是历史发展的真正动力。因为每一次农民起义和农民战争的结果，都打击了当时的封建统治，因而也就多少推动了社会生产力的发展。"钱穆先生在二十世纪三十年代末写就的《国史大纲》引论中的意见则大相径庭："中国史上，亦有大规模从社会下层掀起的斗争，不幸此等常为纷乱牺牲，而非有意义的划界线之进步。秦末刘、项之乱，可谓例外。明祖崛起，扫除胡尘，光复故土，亦可谓一个上进的转变。其他如汉末黄巾，乃至黄巢、张献忠、李自成，全是混乱破坏，只见倒退，无上进。近人治史，颇推洪、杨。夫洪、杨为近世中国民族革命之先锋，此固然矣。然洪、杨十余年扰乱，除与国家社会以莫大之创伤外，成就何在？建设何在？此中国史上大规模从社会下层掀起的斗争，常不为民族文化进展之一好例也。"（钱穆《国史大纲》引论）而费正清通过观察得出的意见是："1944年我回到华盛顿后，带回的主要信念是：中国的革命运动是中国现实生活中的内在产物，而CC系和戴笠的特务机构都无法将其压制。要求解放的农民的理想以及20年前五四运动时期继承下来的科学与民主的理想才是民众的爱国热情和活力所在，蒋介石根本无法与其对抗。"

如果一个历史学家只有宏观的视野，而没有对一个民族的文化、生活甚至深层的心理结构的体察，当然不能称之为一个杰出的学者。你只要读一下回忆录中他对中国人生活中这些细节的重视与思考，就能体会到他敏锐、细致的洞察力。说他是"中国通"你也不得不信了。1932年夏天，他讲到在北京的商店买家具、艺术品、

诗余录

日用品时的情景让人忍俊不禁:"假如老板要价 10 美元,我们就会还价到 5 美元。我们还会解释其实并不是特别需要这个东西,而老板就会提醒我们它的稀缺性,然后降到 9 美元。我们会表示遗憾只能出 6 美元,一边说一边准备离开。紧接着他会说'最低价'了,看在我们友谊的分上赔本只卖 8 美元。看在真诚的分上,我们又会提价到 7 美元。最终价格自然以 7.5 美元成交,皆大欢喜。"

费正清对中国历史的评价和对中国的"友好",是基于他历史研究工作的独立性原则的,这一点正好是这部回忆录的独特价值所在。我只举他在书中说起的人际交往中与国人的不同中的例子,也许会对我们理解这本回忆录更有启发。他说:"作介绍并不是必要的。如果 A 和 B 正沿着谢尔河散步,遇到了 C,而 C 只认识 A,那么 B 只要静静站在一边就行。介绍是一件很严肃、绝不能随便的事情,因为这可能会引起意料之外的不良后果。通常来说,沉默是令人钦佩的行为。和偶遇的人高谈阔论可能会让人生厌——向朋友公开太多隐私其实也会对他人的隐私产生威胁,让人感觉就像突然脱光了衣服一样不适。一个人从朋友那里获得的最好的东西,简单来说,就是让他有自己的空间。"

在这部回忆录的最后,他告诫美国同胞(其实是说给决策者听的)说:"中国革命与其说是我们的敌人,不如说是我们的朋友。他们关注自身发展,并没有对外扩张的野心。随着我们关系的进一步发展,我们一定能够互惠互利。对于我们来说,需要做的主要是要纠正我们在谋求生存时武力与智力的不平衡的状态。"难怪,美国前国务卿基辛格曾直言不讳地说:"和他的谈话改变了历史。"也许尼采对其历史观的表白此刻会赢得我们的会心一笑:唯有历史服务于生活的情况下,我们才服务于历史。

紫金文库

失忆史的当代寓言价值
——埃斯普马克《失忆的年代》① 读札

《失忆的年代》是瑞典文学院院士、诺贝尔文学奖评委会前任主席谢尔·埃斯普马克的鸿篇巨制，我花了近一个夏天的闲余时间才断断续续读完。这是七部短长篇构成的超长篇。

失忆是贯注《失忆的年代》这七部短长篇的一个共同的主题。在各篇中，有时是全部的失忆，有时是局部的，更多的是选择性失忆。比如在主人公观看家庭合影、班级合影和同事聚会的合影时。失忆就是解构现实的手段，解构对象包括瑞典的现实政治、家庭、文化与俗世生活本身。小说最擅长采用主人公的长篇独白，所要祛除的也许正是理性对话的可能，这又是小说努力去中心化主题的方法之一。德里达的解构主义认为语言缺乏绝对的基础，要去本质去

---

① [瑞典] 谢尔·埃斯普马克《失忆的年代》，世纪出版集团上海人民出版社 2015 年 5 月版。

中心。而中国古人强调人的能动性，《论语》说：人能弘道，非道弘人。每一代人中杰出的写作者（哪怕是远在北欧的埃斯普马克）都以自己独特的生命气息和价值观的注入，用"道可道"的知识分子姿态，以期"替天行道"（在中国语境里，天和道有时是合一的），为当代艺术和语言激发新的生机。在中国，惯常的说法之一就是所谓文章合为时而著，笔墨当随时代等等。

埃斯普马克笔下的语言不是空洞的，无"物"的，失重的和不承载的，像它们安稳地待在词典里所呈现的样子，那是语言的坟墓与纪念碑。埃斯普马克认为越是精确地描绘现实，就像是一种偷袭，越是呈现哲学的意义，折射人类生存与命运的光芒。哈耶克所谓"真正的个人主义是一种社会存在的哲学"。在一个失忆症患者那里，唯有语言是完好无损的，哪怕是自言自语，这个生活在现实的影子中的人，唯有自己的影子也才是完好无损的。这是一个寓言吗？人类所有的文明都会依靠了一个手提箱（小说《失忆》的情节）中保存的那些碎片才能获得一鳞半爪的记忆吗？是的，这是我们这个星球的文明寓言，我们生活在碎片化的时代，像主人公那样一刻不停地奔波，而历史记忆和历史表述却没有逻辑，我们的生活是一场不知所终的孤独旅行。《失忆》的主人公记不住自己的家、女人、孩子、同事，他身边的钥匙不知将打开哪一扇房门。这个没有记忆的人却每天在忙碌和惶恐中生活着工作着爱着，他靠口袋中或者手提箱子中只言片语的提示词活在人间。他像个侦探每天在探究着我是谁，他必须完成他的生活和工作，这是他每天都必须要完成的功课，他只能记住最迫近的事情，不然他就无法应对他的"每一天"，以证明自己还不是一具行尸走肉。这多么像是一则人类命运的寓言。那些细节愈是逼真愈让人绝望和心碎。而在《蔑视》中，开篇那个喝高的父亲盯视着还是个小孩子的女儿说:"艾琳,你只是臭大粪。"(188页)真够让人惊心动魄的。这是难以"失忆"的,跟随主人公终生的一句话。这也是一语成谶,让主人公精神失重的源头性揭示语。这是一位可以和中国读者最熟知的娜拉(挪威剧作家易卜生《玩偶之家》中的主人公)并列的女性,她不是用出走和依赖不能为女人牺牲名誉的男人(海尔茂)而活。艾琳,这位当代文学画廊中杰出的人物形象之一,目睹了酒鬼父亲的上吊自尽,以一己之力培养两个儿子出人头地,晚年的自己却漂浮于病床天花板上,穷尽一生的努力仅仅高于一堆垃圾和苍蝇而已。

借用《忠诚》中那位政治家阿尔瓦的丈夫一句话"历史要比意识形态强大得多了",我也要说埃斯普马克的小说要比历史和意识形态强大得多了。《忠诚》中的那位泥瓦匠亲眼看见自己的父亲,那位"忠诚"于自己手艺的人从脚手架上掉下摔死。他自己纠缠于和兄弟的女友在一起是否是对在战争上死去的兄弟"不忠",而政客们直截了当地说:"我们的任务是保护人类,让他们不受自己的利己主义的伤害。要帮助他们在忠诚的范围里来思考,要通过我们的调节来表达他们的意见。"并宣称"这正是不折不扣的革命。"

我更喜欢小说中的细节,被杀的政客完全有时间躲过暗杀,可他不愿意做个被人嘲讽的大喊大叫的懦夫,他宁可"忠诚"于自己被暗杀的命运和职责。作者告诉我们,现代政治的一部分就是"忠诚"于与历史合谋的命运。

想要说明一下的是,现代精神分析学和社会学似乎仅仅是这部小说的一个注释,而不是相反。正如我们读卡夫卡的小说得到的结论一样。

七部关于失忆的小说,是一部交响乐或是一部戏剧的不同乐章

诗余录

和下一幕,由内在的经络和精神性彼此勾连,这一部呈现了浮在水平面以上冰山的庄严透明(诗性语言的质地),下一部是浩瀚洋面中冰山缓慢回旋后的侧面。而这"冰山"的形式和内容是统一的,形式本身就是内容。其质料(借用一下哲学用语)就存在于他的小说形式之中了。他的艺术本质就在小说自身的形式之中得到了自我呈现和彰显,而且是有哲学指向意义的。这是我个人所理解的最好的小说。七部小说给出的标题,每一部都是这种形式与内容的自我验证和自我证明。每个标题所呈现的概念,作为问题,都是明晰和开放的,犹如一个失去的乐园(也许可以用小说作者喜欢说的一句:一个崩溃的系统),让我们追慕与追思。而叙述的语言却又是轻盈的、灵动的、精准的,这是作为诗人身份的埃斯普马克的一种诗性抒写。

为什么能够做到?因为,失忆的一切都为小说补充了能量。小说的主人公们像白茫茫大地上依然处于流放中的现代的俄狄浦斯王。

三、歌唱友情

我无法怀疑我的怀疑
——小记北岛

我和北岛接触很少,也很晚,寥寥几面,留下深刻印象的是他讷于言而敏于行的古君子之风。

2011年8月,我和韩东一起参加青海湖国际诗歌节,北岛现身了。据说,这是他辞家去国之后第一次正式来内地参加诗歌活动。他和韩东比较熟悉,活动的旅途中他们会有聊天、互动。在一个参观点,有人曾将我介绍给他,但因为人多嘈杂,只是礼貌地向他点头致意,并没有片言只语的交流。其间,还听过一场他在诗会中的演讲。这就算是第一次直观地"认识"了北岛。

对我来说,北岛真是个熟悉的陌生人。

1982年前后,我和韩东通信时,就谈论他和他的诗。1986年的一个晚上,韩东来南京大学中文系宿舍把我拉出来聊天,看出来他兴致很高。因为他刚刚从北京回来,说见到了出国前的北岛,是和马高明在一起的。我还记得他对细节的描述,出乎我意料的是,

诗余录

他有点儿被我们要"pass"（或"打倒"）的这个人"迷"住了。他说马高明拿着一张机票向北岛详细交代旅途中注意事项，他说北岛的态度是那么的诚恳，云云。"小海，这很好，你知道吗？"愚笨的我并不知道这有什么好。可这一幕深深映在我脑子里。2013年，北岛来苏州时，晚饭后我们到李公堤春蕾茶社喝茶，和他说起这一情景，他似乎还有印象。

曾读到过韩东谈北岛的一段文字："我们反叛过北岛，这是我们的光荣也是他的光荣。我们整个是光荣一族，哈哈。我们这一代也是分别很大的，真正反叛我们的终将成为我们的朋友。这里面应该不存在不屑和歧视，只存在对压力的反应和挣脱的努力。"几十年过去了，我们所反叛的，终于成了惺惺相惜的朋友。这其实是一个重要的话题。我想，韩东的态度是十分诚恳的。三十年前，我们曾热烈地聊北岛，我们这代人起步开始写作时，并没有感觉到中国诗歌有一个直接的传统可资仿效、参考。中国古典诗歌还只是一个象征性的僵化传统，作为间接的修养上的东西存在在那里。1949年以后到20世纪80年代初唯有九叶诗派等少数的诗人可读，具体到我这个个案，还是因了当年和九叶诗人陈敬容有通信联系。身处乡下，相对比较闭塞，我接触朦胧诗人们的诗晚于韩东他们。但在我印象中，北岛他们的诗是韩东的直接来源，早年的韩东确实是将北岛作为了对手的。再说得直白一点儿，韩东身上存在着一种"长兄为父"的情结。

这些年，国内诗会如云，讨论的话题也很宏观，很多诗人变成了跑码头的江湖术士。无论是公共场合或私下里，真诚地谈论诗歌与诗人的场合真不太多。但北岛依然会，他认真地倾听和征询关于诗歌与诗人的意见。当我提起国内诗人杜涯，一直处于"黑暗"中的写作状态,他曾约我下次一起去河南看望她(因北岛与杜涯都在病后恢复,而未能成行),这也就有了我在《今天》2014年夏季号主持的那期近80个页码的"杜涯专辑"。我自从1991年在《今天》第1期上开始发表诗和诗论作品,历经万之、张枣、宋琳等几任编辑,其实也算是《今天》的一位老作者。像我这样的可能还有一批人。无疑,这是作者与编者身上可以彼此辨识的一份文学情怀在发生作用。北岛本人一直是这本刊物的主编,而我的老朋友韩东等人也多年来兼任这本刊物的编辑。这也是这本当代文学史上的传奇杂志一直保持着持续影响力的原因所在。

北岛对我们这一代人影响有多大,我说不好。对我个人来说,恐怕就是他的那首著名的诗作《我不相信》所昭示的——从一首诗到一种思想风格。

卑鄙是卑鄙者的通行证,
高尚是高尚者的墓志铭,
看吧,在那镀金的天空中,
飘满了死者弯曲的倒影。

冰川纪过去了,
为什么到处都是冰凌?
好望角发现了,
为什么死海里千帆相竞?

我来到这个世界上,
只带着纸、绳索和身影,

诗余录

为了在审判之前,
宣读那些被判决的声音。

告诉你吧,世界
我——不——相——信!
纵使你脚下有一千名挑战者,
那就把我算作第一千零一名。

我不相信天是蓝的,
我不相信雷的回声,
我不相信梦是假的,
我不相信死无报应。

如果海洋注定要决堤,
就让所有的苦水都注入我心中,
如果陆地注定要上升,
就让人类重新选择生存的峰顶。

新的转机和闪闪星斗,
正在缀满没有遮拦的天空。
那是五千年的象形文字,
那是未来人们凝视的眼睛。

在全社会经历了"假大空"的时代,从"瞒"和"骗"的历史隧道中走出来后,这首诗就有了先知式的启示意义。这是埋葬过去的宣示词，又在新时代具有启蒙号角的价值。《我不相信》无疑对人们起到振聋发聩的作用。

一些评述者将这首诗仅仅认作是反思"文革"时期人们的狂热、虚浮，社会动荡，颠倒黑白，等等。这是一种社会学意义上的简单图解，不足为凭。这里姑且不论他诗歌中一贯的理性思辨和人文精神的旨趣、复合式格言与凝练的意象，"我不相信"——他的思想烙印却是深深地打在了这一代的身上。"我不相信"，这个其实也针对北岛本身，你看看第三代诗人们提出的口号就是"pass 北岛"（或"打倒北岛"），这是新时期重估一切价值的思想肇始，这也是第三代诗人的一个出场式。这个出场方式恰恰用了北岛的方式，即反思历史与命运就是从质疑开始，这也延续了中国诗人自屈原以降的"天问"这一伟大历史传统。

天问，路漫漫其修远兮，吾将上下而求索。这是中国知识分子问天求道的传统方式，一种求索问道的形而上学。屈原追问了他所处时代的一切存在。这种基于存在本质上的形而上学是中国式的。质疑天之道，地之道，指向的其实是现实存在的人之道，比如"天之道，损有余而补不足，人之道，损不足以奉有余"的那个道。其主体常常是朝闻道夕死可矣的人，是人能弘道非道弘人的人，更是现代意义上的启蒙之人。

笛卡尔曾说：我可以怀疑一切，但我无法怀疑我的怀疑。虽然流亡海外多年，但他的诗歌和他指向现实的问题意识一直在场，还有他的《今天》，和他操持的影响日剧的国际诗歌节。

不可否认，北岛是影响当代中国的最主要的知识分子之一。

诗余录

《韩东的诗》①：中国当代诗歌的重要文本

　　作为第三代诗人的代表之一，韩东是新时期中国诗坛有影响力的诗人，其创作纵贯二十世纪八九十年代和新世纪。虽然从1990年以后，他的创作方向主要放在了小说上，但诗歌创作保持了一以贯之的先锋与实验精神，为中国当代诗歌提供了重要的美学经验。2015年初出版的《韩东的诗》，是他的诗歌合集。应出版社之邀，我担任该书责任编审，对他历年来的诗歌作品进行了系统的审核与订正，甚至对同一首作品的不同流传版本也作了认真甄别。应当说，这是具有诗歌与学术双重价值的一部诗集。

　　韩东诗歌创作始于二十世纪八十年代初的大学时代，从主题到创作手法，很显然受到"朦胧诗"一代人的影响，诗歌蕴含着悲壮的个人英雄主义的寓意，这在精神性上与食指、北岛、江河等是

---

① 《韩东的诗》，江苏凤凰文艺出版社2015年1月版。

一脉相承的。但是，这种沉重的历史感既是一块天外来石，也是长期郁结于胸的一块心理结石，让他在以后的创作实践中有了较长一段时间的消解期。他独特诗风确立的标志就是《有关大雁塔》《你见过大海》《一个孩子的消息》《我们的朋友》等一批诗歌。他摆脱了当时流行的崇高理念式的意识形态话语范式，选择了最普通、素朴和结实的语言——口头语。这种语言显示了诗歌新一代的语言风范，也透露了这一代诗人努力遵循的真实的生存原则，从而彻底抛弃了当时诗歌中盛行一时的苍白的英雄主义和空泛的理想主义，表明了以他为代表的新一代诗人已拿出足够勇气，以自己独到的艺术方式来直面现实生活的全部真实。他以直抒胸臆来表明这种决裂姿态，代表了新一代诗人步入当代诗坛所采取的斗争策略、明晰基调和价值判断。这种语言的削繁就简，层层推进、锐不可当的气势以及对诗歌又一种语言形而上的追求，绝不是用"平民意识""世俗性""口语写作"能一语蔽之的。我认为，评论家们贴上的这些标签，只不过是他的诗歌带来的副作用。他真实的贡献在于剔除了当时流行的诗歌中强加的伪饰成分，使之从概念化、模式化语言回复到现实生活中的本真语言，并具体到诗人个体手中，让诗歌这种古老的艺术品种从矫情泛滥回到历史源头、回到表意抒情的初始状态。作为新一代诗人中对诗歌语言本体的最早觉悟者，他对八十年代诗歌语言范式的革命性嬗变发挥了重要作用。他提出的"诗到语言为止"这一诗学纲领，与第三代诗歌运动（或称第三代诗人、第三次诗歌浪潮）的兴起产生了同时性的共振关系，成为新时期诗歌的重要标识性口号。

为什么会一夜之间出现庞大的诗人群体？八十年曾有句戏谑诗人的话：随便扔一块石头到街上就能砸破一个诗人的脑袋。因为诗

诗余录

歌新一代洋溢着一股乐观情绪——解放的欢欣。诗歌一下子贴近了个人和生活,"诗歌,我们所有!"她不再被少数自命不凡的诗歌专家们所操持。诗歌写作风尚转向了平凡的日常场景那包罗万象的"生活场"与"情感场"。口语入诗,口语写作成为时尚,被一大批新锐诗人奉为圭臬。这是一场语言的"盛宴"。当然,要客观地评价这场诗歌运动对汉语诗歌的贡献,其任务必须要落实到像韩东这样一些具体的,甚至是个别的诗人身上来。

上述新的诗歌美学经验得以形成的基础固然是表达共同的诗歌理念和价值,但也要求彰显和贡献诗人个体与诗人群体差异性的思想和语言。诗歌经验不是对既有创作观念的绑架,在面向当下和未来时,必须应对新变化和新挑战,这其中,诗人灵感来源时的一颗初心和原初创造的价值无所不在,尤显珍贵。我们看到,新世纪以来,虽然韩东每隔二三年推出一部新长篇小说,但他并未放弃诗歌。在接受记者采访时,他多次声明自己首先是一个诗人,然后才是一个小说家。

阅读他新世纪以来的诗歌新作,能看出在两个向度上的拓展。一个是亲情、爱欲及其背后的病痛、死亡主题。尤其是对死亡及其价值的冥思与判断在新诗集中的探讨更加深入、沉郁、撩拨人心,语言方式却越发简约、明了。另一个主题可以称之为大时代之中的个人命运之歌,既有包括诗人自己在内的艺术家个体和艺术飘零人群体的写照(这是接续新文学以来文学形象长廊中时代多余人、畸零人形象的新传);也有嵌入时代底色中的边缘人和弱势群体的画像。他抒写力图与大时代"同存共舞"的众生的悲欢离合。这也是他对自己小说中这一惯常主题的进一步深化。他诗歌的语言也是越发随性,不再是苦心经营,不知来由的偶然性在不断增加。自然性情与生命野趣及个人文字天性的本真流露，使得他的诗歌有了别样的意趣和味道。他也将娴熟的小说叙事笔法引入到诗歌中，具体表现在对人物的刻画和对细节的关注越发鲜明，随处可见那些缤纷情感中的个人细节、私语，无名的无聊、苦闷、挫折、忧怀、失意，从生命的细枝末节处发现的"赤裸裸的真实"和日常生活、庸常生存的"神圣性"。而这，不也正是当下着力构建所谓"文学中国性"的一项基础工程吗？

诗余录

我就是那个写小说的汉人

如果有人问，在朋友当中是否曾经有过文学偶像级人物，在文学雄心消退的今天，我愿意承认，这个人就是马原——"我就是那个写小说的汉人"。

知道马原是在 1980 年初，我和韩东开始通信后。他在信里给我描述了这样一个人，那是他哥哥李潮的哥们，辽宁锦州人，中学毕业后赴农村插队务农当知青，1982 年辽宁大学中文系毕业后，为了文学梦想，知行合一，只身去了西藏——韩东讲故事是绝不会漏过细节的，他写知青的小说，写"文革"期间大串连的小说，然后是关于那个魔幻高原西藏的小说，一个崇拜文学的女大学生为他选择了西藏，日后以笔名皮皮出现在中国文坛的旅德女作家等等。当然那已是属于皮皮个人的另一部文学传奇了。

我在南京大学中文系读书那几年，老马来南京，在文学聚会上会碰见。1986 年前后，正好是属于马原的文学奇迹已经开始发酵，以他为代表的一批先锋作家横空出世,老马是一马当先,狂飙突进,意气风发。在南京通宵达旦的聚会除了三个小说家(李潮、苏童、顾前)外全是《他们》中的诗人。老马会在我们"粪土文学万户侯"的当儿突然间改变谈话方向发问:快说,你们当中到底谁是最好的诗人呢?我会第一个扬起拳头:"我,当仁不让的小海嘛。"老马狡黠地看着我们哈哈大笑,而老马喜欢我的诗歌在当时就是个公开的秘密。而我是这群朋友当中年龄最小的一个,当然知道没人会和我争这把交椅。

老马封笔了。就像他曾经的小说《虚构》或者《冈底斯的诱惑》一样,非常像一个梦境。老马的小说我一直说那是在小说家处在青年时期最好的黄金岁月才出得来的作品啊。他的小说都有一种真正意义上的诗意,感觉上必须是一个人在体力、智力、还有想象力在最好时段的一种梦境。也许他会说:除我以外,当代作家的缺陷重要的不是思维上的缺陷,而是生命方式上的缺陷。而就在他最红的时候,他的兴趣转到了写舞台剧和拍电影上,小说创作戛然而止。这就是马原的方式。

在拉萨时期,他喜欢说"我就是那个写小说的汉人"。

十几年后他调到上海,暂时脱下作家的马甲之后,在同济大学的教室中扮演起了教授的角色。我会想到马原如古希腊的哲人们一样,在皎皎明月下的清潭边,与他的学生们围坐在一起,叙述着他的文学魔方。

作为小说家,老马是自在的,像他笔下的人物那样自在。

这可能是他跟同行们一个很大的不同。他从最初就选择了一种"自在"的生活。有次电话联系,他正好在担任一个网络文学大赛评委。我打趣说:你重新写作说不准是个网络作家或者畅销书作家，无法预料。我们一起聊天的时候，他喜欢聊诗歌，因为他一直读诗，我们讨论过几个诗人，比如费罗斯特，比如瓦雷里。他经常喜欢跟人说"人要跟着心走""人要信命，人犟不过命"。这些话都很矛盾。老马的意思是心有一种向性，一个选择，然后你的大脑有另一个选择。人类的大部分选择是由脑决定的。就像美国诗人费罗斯特的《林中有两条路》，林中你遇到两条路的时候，如果你跟着心走你会信步就走过去了。但是你在一条路有一个歧路变成两条路的时候，你通常会想，哎呀，我走哪条路？你会给自己一个理由。这个时候你经常是没有跟着心走，而是跟着脑走。相信读过这首诗的人对老马的话会有另一番体会。

  由于地理距离的拉近，我们又接上了关系。在上海第一次见面是约好了去看情景歌剧《阿依达》，那里在一个可容纳几万人的上海体育场里，我们俩从头到尾都在兴奋地聊天，边上一对母女直向我们翻白眼，老马只好将手上的那只柚子一片一片地贡献了出去。散场的时候灯光大亮，晃得我们眼花。老马说，我的妈呀，你看到没有，小海？这灯光，要多少瓦？我们一晚上去看到了一片好灯光。

  每次去上海只要有空我就会拉上几个朋友去看望我的"文学英雄"。张生、海力洪一帮在上海的哥们儿有时会笑话说：你们是怀旧又怀着文学激情的异类。

  记得有一次老马很神秘地告诉我：小海，我没写作，但我现在只读死人的作品——

  是真的？就像他会放弃视若生命的小说一样？鬼才信呢。

（2007 年）

紫金文库

海子安息，诗歌永存
——诗人海子逝世二十周年祭

"面朝大海，春暖花开"，这是诗人海子留传一个时代的"广告词"。

我知道海子比较晚。1984 或者 1985 年，我和北京大学"五四"文学社的诗人老木有了联系。当时他在编辑一本诗选，向韩东约了稿子，韩东在和我通信时提到这件事，就把老木的通信地址抄给了我，让我给他寄诗。1985 年我看到老木编辑的诗选出来了，就是那本风行一时的诗歌白皮书——《新诗潮诗选》（上下两册）。上册是"朦胧诗派"诗人的第一次集中亮相，下册是"朦胧诗"后第三代诗人们作品的集中展示。诗集上所用的我的几首诗是老木从韩东先前在西安所编的《老家》上选用的。老木同时给我寄了几本北京大学"五四"文学社还有北师大文学社编辑的几本校园诗歌选，我最早就是从这几本诗选上读到了海子的诗歌。

1985 年，我在南京大学中文系读书期间，除了和贺奕、李冯、

诗余录

刘立杆、海力洪、杜马兰、姜雷、阿白、曹旭等同学在校外参与一些《他们》文学社的活动外，我们自己也编辑有《南园文学》《大路朝天》等同仁民间刊物。为了扩大点儿影响，当时阿白等几个朋友建议也向其他高校的诗人约点儿稿子，我向尚仲敏、海子、杨黎等去信请他们帮忙，不久就接到海子用中国政法大学（他从北京大学毕业后已在这所高校执教）信封寄来的信和随信附来的他自己的一首长诗以及一篇诗论。信上讲他寄给我的是自己"在气功状态下创作出的生命之诗"，诗歌中有一些繁复、沉重的死亡意象。他在诗论中提出了诗歌中的史诗神性写作和北方诗歌和南方诗歌概念分野等等。在此之前，我在一些刊物上看到他的一些优秀的短诗和情诗，干净、明亮、丰沛，充满张力，和他寄来的长诗给我留有的印象正好相反。仅仅就从他的诗中也能看到他写作时的孤僻决绝状态。我喜欢之前读到的他的一些短诗，对他信中说的如此庞大的"生命史诗"写作计划确实是不得要领。恰好我当时在学校里也选修了体育系一位老师的气功课，对海子所说的气功状态下的写作状态很是羡慕。因为我们编辑的刊物周期长，当时想仿照《大路朝天》的模式，再由系学生会和校团委编辑的那本《耕耘》出诗歌增刊，那期包括海子、杨黎等人的稿子就交给了我的一位高年级学长，但这期刊物不知道是因为经费紧张还是其他原因始终就没有出来，我组的那四五个人的稿子也就泥牛入海。大约半年后，我给他去信表达歉意。记得他回信说：小海兄弟，不必介意，诗我会另处等。之后一年多时间里我们还有过好几次通信，都是讨论具体的诗歌问题。他的纯朴、简单和大度让我留下很深的印象。这以后我们应该也给他寄过新出的几期《他们》。

1989年听说了海子自杀的消息，这一年九叶诗人陈敬容先生也去世了，太多的死亡让我们震惊而无语。之后读到诗人西川纪念海子的文章，对海子之死的背景有更深的了解，而他以诗搏命的气概更是让我叹为观止。

面对这样的死亡，我写下了《悼念》和《钟声响起》，记得其中有这样的句子：

无法分别
两只杯子
它们构成
洁白的一对

一只杯子
已经摔碎
它的残骸
盛满
另一只杯子

（《悼念》，作于 1989.11.25）

多么遥远的故乡
死亡再一次仰望人世

钟声报道着分别的真相
在死亡的来临时
我们所拥有的仅是一杯苦酒和泪水
应该不陌生

诗余录

应该不惊奇
请抓紧我的手
马上我们都会消失

(《钟声响起》)

  海子之死已成为 20 世纪 80 年代的诗歌图腾或者说诗歌符号之一，这可能并非他的本意。我们愿海子安息，愿他的诗歌永存。

戏说寓言
——兼谈李森的寓言集《动物世说》

寓言是一种比较奇特的文体，其文本的能指和所指相对于诗歌、小说等文体，甄别性很强。究其原因，恐怕在于它不是一种自主性的文体，而是一种服务性的文体。寓言有很强的故事性、说理性和战斗性，其中的故事是诱饵和糖衣，目的往往是故事背后的讽喻、劝喻效用。

基于上述原因，我私下认为，寓言是一种借尸还魂的文体。在这里，事理是死尸，而故事才是魂魄，事理能否让人接受，关键靠魂魄能否"附体"，从而激活事理（死尸）。

既然故事如此重要，那么寓言就不能算作服务性文体，它背后的上帝——寓言作家在操纵着一切。在寓言作家眼里，他的事理、他的逻辑、他的"真理"是主人，而故事是仆从，诗歌、小说、散文则相反，它们自身是一种"自足性"的文体。

寓言虽然是一种古老的艺术形式，但由于它自身不是一种自足

诗余录

性的文体，这种文体对其产生的环境和寓言作家的要求都比较高，因而它不可能长盛不衰。因为这个原因，我对古往今来的寓言家们都心怀敬意。关于这一点，你只要用心考察一下我们耳熟能详的寓言和寓言作家的身份，就知道我可不是在打妄语。

寓言和神话有不解之缘，甚至可以认为寓言起源于神话，是神话的延伸。我们知道，古人把自然现象变化的原始动能归之于神的意志和力量，是神在控制着一切，各种发明创造也都归在他们名下，像中国古代神话中的伏羲、神农、盘古、娲祖、仓颉、后羿等等，没有这样的一些神话传说，你很难想象出寓言的产生。从"创世"神话，"英雄"神话过渡到以寄托作者哲学思想、政治观点和表述事理为主的寓言，既是人类认识水平的进步，也是从神化向人化转移，更重人事的表现。

前面说过，寓言是一种借尸还魂的文体。这种文体与中国传统文学所要求的"文以载道"的功能性作用十分契合，因而，寓言作家一向不只是作家、诗人们的专利，它也是政治家、政论家、思想家、雄辩家们广泛使用的一种文体。早在春秋战国时期，寓言就已成为谋臣策士和先秦诸子手中最熟练运用的利器。《战国策》中记载了江乙以狐假虎威游说楚宣王（楚策一），苏代以鹬蚌相持游说赵惠王（燕策二），苏秦以桃梗和土偶谏孟尝君（齐策三）等等。庄子与韩非子更是寓言大家，在庄子的《逍遥游》《人间世》《德充符》《大宗师》和韩非子的《说林》《储说》中更是运用了大量的丰富的寓言故事来阐述他们各自的哲学思想和政治理想。史料中就记载了秦王（秦始皇）批阅了韩非的书稿，恨不得与之同游，因急攻韩（韩非所处的韩国）的故事。

非常巧合的是，公元500年前后，不仅是我国文学史上寓言的黄金时代，也是世界文学史上寓言的辉煌时期。几乎是与先秦诸子同时代的古印度出现了伟大的佛陀，创建了佛教。在浩如烟海的佛经中，记载了大量的寓言故事，甚至可以说，佛经就是一部辉煌的寓言集。在这一时期的古希腊，出现了《伊索寓言》，它是后人根据拜占庭僧侣普拉努得斯搜集的古希腊寓言以及以后陆续发现的古希腊寓言传抄本编订的。

寓言以其生动、活泼、精炼的故事性和微言大义式的讽喻教化作用而一直深受人们的喜爱，我甚至认为，寓言对一个国家政治的健康清明以及国民人格的成长培养都具有重要作用。寓言的魂魄在于其故事性，我想，不仅是寓言，天底下最优秀的文学恐怕都离不开故事性，故事性的削弱乃至取消是文学走向衰败的根源。

最近，我的朋友李森给我寄来了他的寓言集《动物世说》（花城出版社2002年5月版）。李森在《自序》中这样申明了他的寓言写作理想："我的努力方向是想通过凝练的、妙趣横生的动物故事，把人文关怀、生活批判和审美情趣结合起来，让阅读的欢乐和敏感的哲思彼此映照，滋生意蕴。我追求短小精悍、明亮质朴、疼痛的幽默、痛定思痛的伤怀之美。"他给定的寓言的新境界，正体现在他创作的诸如《蜘蛛的自我》《猪与陨星》《水老鸦》等寓言名篇中，相信细心的读者一定会从他的寓言中读出与伊索寓言、拉封丹寓言、克雷洛夫寓言等动物寓言的异同之处，并发出会意的微笑。可以想象，一旦理解了动物的智慧人会活得更美好与自在，而不是相反。

（2002年7月）

诗余录

典雅而有国士之风的写作
——评杜涯诗集《落日与朝霞》①

　　杜涯是一位在黑暗中写作的诗人，也是安静得近乎沉默的诗人，她的诗兼备质朴、典雅、宏阔的气息，是续脉传统、有国士之风的写作。《落日与朝霞》精选了杜涯 2007—2015 年间创作的精品力作。杜涯的诗一如既往，总是从具体事物出发，又不乏对人类生存意义的追问，但最终都引入一个自洽的抒情体系中来，努力在碎片化的后现代语境中重温新古典主义的艺术之梦。

　　杜涯诗歌的取法对象是中国古典诗歌。她的诗中规中矩，是"一言以蔽之，诗无邪"的当代注脚；同时兼具中原地理文化的魅力，其抒情性与《诗经》以降的中国古典诗歌抒情传统一脉相承，质朴、典雅、宏阔，有国士之风。其诗歌可以追溯到《诗经·国风》、屈子《天问》、蔡文姬《悲愤诗》、杜工部《旅夜书怀》《秋

---

① 《落日与朝霞》(杜涯诗选 2007—2015)，北岳文艺出版社 2016 年 1 月版。

081

兴》，以及李清照南渡后的词风那里，是接续传统诗歌精神的写作。在抒情与叙事的结合上，她有很强的把握和平衡能力，节制而有张力，诗艺上日臻炉火纯青，也符合"乐而不淫，哀而不伤"的中庸之道与美学原则，其诗歌中裹挟着中国古典诗歌精粹的神韵和余绪，是向悠久而伟大诗歌传统致敬的最好方式。

杜涯诗歌语言不是高蹈凌虚的文字游戏，不追求无效的语言魔方效应，语言高度明晰，数字般精准、透析，又具备言语张力。虽然二十世纪的语言哲学家们已经纷纷宣告了语言与现实之间并不存在必然性联系，但杜涯依然在架设语言与现实之间的可靠桥梁，让那些被无限衍义模糊与磨灭了的词性重新焕发生机。在继承传统与创新语言风格的探索上，本着慎终追远的态度，她唤醒或者说擦亮了我们耳熟能详的古典诗词中具有"根"性意义的词语，重新确立"常识"的价值，一方面是基于"修辞立其诚"，另一方面从所指和能指意义上强化了"根"性词语的稳固性结构及其典雅、明澈、从容、蕴藉的内在诗性。这种适用与有效性的重新确立，实现了言说与倾听的对接，重塑了读者对诗歌语言的信任。在她的诗歌中，远逝的词性依然在激励着新生，自然与生命的伦理与语言的伦理共存同生。

诗歌中辨识度最高的是诗歌的音调、语感、句式和内在的韵律、气质。杜涯从《秋天》《春天的声音》等诗开始，在这本诗集的《河流》《落日》等诗中，进一步找到并完善了自己独特的声音，仿佛一种重逢的"命运"开始吟唱。一个好诗人，有时一首诗仿佛就写尽了其一生，这是由吟唱性基调决定的。杜涯诗歌有一种自然的内在韵律。音乐性在诗歌创作中的催化作用是神奇而隐秘的，对诗歌中内在音乐性的痴迷和追求，灌注于诗人的创作实践之中。杜

诗余录

涯的诗歌就常常向我们"音乐般展开",虽然我们知道她的诗歌和音乐更多的是精神气质与精神向度上的"近似",但她的确是一位在长期的写作实践中,找到了自己的独特声调和抒情频道的优秀诗人。

在中国式审美中,对"沉默"的人和作品,有一种特殊的敬重。传统中国式人生讲究蕴藉、含蓄、深藏。杜涯诗歌中,自然与山水像是在沉默中对应着人世的一面明镜。在《晚星》等诗中,集中了她对于时空沉默意义的阐述,对历史的缅怀,对自我的确认,与荷尔德林的四季颂歌有心意相通之处,是宇宙与生命的一曲沉默颂歌。杜涯的诗歌在提醒:我们依然处在悖论式的哀歌时代,这个时代的表现形式就是沉默——她的诗歌为我们指认的沉默——仪式沉默——集体沉默。杜涯的写作方式甚至生活方式都在诠释"沉默"的意义,也教给大家诗歌的一种阅读范式:万籁此俱寂,惟余钟磬音。

生命是疼痛的。诗人立足于大地,阅尽人间万象。《采石场》《挖煤工》中采石工、挖煤工谋生的艰辛与坚韧;《岁末为病中的母亲而作》中母亲的逆来顺受,悲苦无告;《为一对老夫妇而作》中,老夫妇活在尘世的悲凉、凄苦会令铁石动容。她记录下京城或者省城城郊底层人群的生活,过滤了人间的富贵奢华,贯注其中的是她作为亲历者的悲天悯人之心。与此同时,杜涯诗歌也承接了屈子《天问》中的问题意识,将自然意识、历史意识、宇宙意识再次引入当代诗歌的问题域,叩问了天地之间人的主体价值、人性的尊严和人文意义上的终极关怀,体现了她在诗歌中的真理性追求。

杜涯新世纪以来的长诗创作,客观呈现了我们时代凋落的真实乡村景象和时代荒芜的内心意识流变。杜涯自传体风格的长篇叙事诗,彰显出城市化快速推进过程中的城乡两元对立矛盾,以及在这个转变中作为部落群体的心理失衡甚至畸变,但她更关注人的生存状态、人的命运、抗争,以及对恒定的某种古老价值的追问、呼唤与对应。她带我们深入到中原腹地的乡村、城镇和繁华都市的郊区、城中村,用"工笔画"栩栩如生地展示人世间活动如同"服役"。诗人记录下了裹胁在宏大历史进程中小人物的命运,还原了最日常生活场景中人的生存状态与生活世相,她用亲历者的生命能量和质朴的诗歌方式,展示了"诗与史"相结合的美学价值与历史意义。

诗余录

一种诗歌的指向：读海马诗歌 ①

诗艺的考验

孔子关于《诗经》的评论是：《诗三百》，一言以蔽之，曰：思无邪。宋代大儒程颐的解读是："思无邪者，诚也。"也就是说《诗经》的创作者们都是有真性情的诗人。李泽厚先生的理解是："《诗经》三百首，用一句话来概括，那就是：不虚假"。纵观海马近三十年的诗歌创作实践，可以一言以蔽之，就是一以贯之的诚挚，性情与真意，怀瑾握瑜，诗歌中的一颗赤子之心。

海马是我高中阶段的同班同桌，后来我们又先后进南京大学读书，差不多是我本科毕业离校的时候，他从家乡海边一所中学的语

---

① 海马《朴素与唯美》，天津社科出版社 2012 年 12 月版。

文教研组考入南大读硕士、读博士及至博士后，研究新闻、小说、戏剧、哲学，毕业后到北京闯荡，从央视到纸媒，后因照顾家庭又回到南京的新闻媒体，再转入高校执教，不一而足。我羡慕他的是，尽管若干年间他换了不少单位，虽然不乏颠沛流离的味道，但他的行囊中总有"蛙鸣之声"——我们曾经并肩在村庄的田埂上漫步时熟悉的未被污染的六月稻田的蛙鸣，即使是仓促生活中的急就章，也保持了诗歌自然质朴的天籁般的品质。他能同时兼顾了自己的专业和爱好，真是值得我羡慕的一件幸事。

我们是情同手足的兄弟，中学时代起就"奇文共欣赏，疑义相与析"，常常在自习课时约了一起溜出去闲逛、淘书，周日也有时约了胡吹海侃一天，在今天的高中生看来是多么奢侈的一件事。高中毕业后彼此天各一方，有几年出差至彼此安家的城市，有过一两次的连席夜话。偶尔也能从报刊上读到他的一点儿诗歌，想当然地"管窥"到他的一些近况。正因为我们有着共同写作的一段历史，而三十年的生存磨砺，还没有改变我们喜欢做白日梦的习惯。诗歌就是这种自我搏斗、自我矛盾的白日梦。我感觉有时候诗歌走在我们的前面，有时我们又落在诗歌的后面，诗歌的牵引力或大或小地在生活中发挥着奇怪的作用，使我们在直面生活和现实时有了一点儿书生的痴气和傻气，也让我们不致被所谓的"时代精神"裹胁而去。当然，诗歌也汲取着我们的精气神而存活着，诗歌就像我们随身携带的病毒，看上去是有害无益的，在我们体内默默生长，一种奇特的免疫机制，却让我们获得某种平衡现实生活的力量，不知不觉中推动诗歌和生活一起前行。面对无奈的现实，虽然海马有时也会发出这样的喟叹：

诗余录

像一切有毒的事物
它们美丽而放肆
在这个世道上
惟有它们,活得自由自在
无所顾忌

——《夹竹桃》

我很喜欢这样冒着傻气的诗歌,也可以这样理解:这是关于诗人想象力的隐喻。如果想象力是一种病毒,那么在诗歌的疆域,我们也能"美丽而放肆","活得自由自在,无所顾忌"。

美国诗人庞德也说:诗艺不是炫耀的,技术是对诚实的考验。其实这是对一种诗歌的指向,比如,海马的诗歌。

由此可见,古之圣贤和美国现代诗人均"不余欺也!"

诗思的解放

诗歌的独创首先体现在诗人对语言的独裁上,这是真正的诗歌产生的前提。诗歌就是语法的专政。我们可以看一看海马在一首诗中的演示和阐释。

以下,是关于挖土机的
语法分析
挖:动词
土:名词

挖土：动宾结构

挖土机：偏正结构

当然，也是名词

它停在那儿

只是静止

只是一个名词

更多的时候

它在动

（但它不是动词）

它只是在动

一个劲地动

一刻不停地动

不过

它竟然

还是一个名词

——《挖土机》

从一首诗出发，我们穿越"名词""动词"的丛林和"结构"的小径，跟随着诗人走上探险之旅程。诗人告诉了我们什么？看"山"是"山"？看"山"不是"山"？还是望"山"兴叹？诗人却不让你往险处看，更不要求你深挖所谓的微言大义，诗人只是作了一首从个别到个别、从特殊到特殊、从具体到具体而生发出来的一首诗，用不着去从形而上作抽象意义的理解，诗人回到了"挖土机"本身，而不必通过"挖土机"的"符号"，就可以抵达诗意的自由创造之境。

诗余录

我们知道，白话体新诗的产生就是为了摆脱文言文的"陈言烂调"，力求"言文合一"（胡适《文学改良刍议》），轻装上阵，恢复语言"我手写我心"的最初的言说功能。从胡适他们倡导写新诗到今天已经快百年历史了，蓦然回首时，我们发现，不知不觉中新诗里面的"陈言烂调"已然生成，并形成了一套现成的话语系统，浸蚀着诗人的想象力和创造力。诗人真正的创造性却在于支撑活的语言，而不是不堪重负、暮气沉沉、濒临死亡的语言。从"挖土机"诗思的努力上我们可以看出，不用担心，真正的诗歌会在省略的事物背景中显示事物，并把事物的有机联系和互交关系变得显而易见。

诗歌的产生、消亡，虽然从实际生活的生存论上有些无法解释，有人说诗歌在现实生活中不是必需的，但诗歌又是客观地存在着的，而且我们中国人的生活方式和审美习惯几千年都被诗歌影响着，诗歌中表达出来的东西已经形成了我们对宇宙人生的一种特殊的理解方式。在日新月异的当今，诗歌依然有她的秘密的命运，诗歌使我们对大千世界和日常人生认知能力的根据和限度就在于那种超越了计算和控制范围的一种艺术和审美的力量，让我们平添生活的勇气和对未来的信心。

当然，一首诗的解读也从来没有所谓一次性的意义或者是最终的意义。《挖土机》这样的诗歌其实是在警示我们，不必依赖现成的诗歌理论和所谓的诗歌经验，而告知我们好的诗人和诗歌是很特别的，常常是从不信赖对文学的所谓共识开始起步的。他们未知的创造力总是向着人性的释放和诗歌自身解放的方向发展。

诗歌之所及

《圣经》上说
你仰面朝天
你们仰面朝天
他和他们仰面朝天
我们仰面朝天
白的脸、黄的脸、黑的脸
以及棕色的脸
仰面朝天
黑死病的脸
黄疸病的脸
白癜病的脸
以及变形的脸
仰面朝天
最丑陋的脸
和最美丽的脸
仰面朝天
"太阳照好人
也照坏人"
《圣经》上说
这些，你和我

诗余录

> 早都知道
> 太阳照着世界
> 太阳也照着所有的人
> 太阳还没有照着的那些人
> 他们可能正在睡眠
> 或者,还在夜里
>
> ——《圣经》上说

上面是海马2008年的一首诗,我非常喜欢。就用我喜欢的这首诗来说事儿吧。其实我们一直在探究诗歌和什么有关以及诗歌的所及,有个人的体验但并没有标准的答案。我想,我们诗歌和文学的DNA当中要融入个人的直觉,这是要被鼓励的部分,即用心灵天然的直觉而非仅仅依靠已被污染了的那个大脑思考的东西,个人本能的、无法预知的,敏感的气息,全新的想象力,天才的洞见,等等。还有就是我们身上与自然、宇宙亲和力的一部分,是上帝赋予我们的天生的能力,也是古人讲的"格物致知"中"格物"的范畴,我们直面宇宙人生以及具体万事万物的感受和体悟能力。《圣经》上说没说,我不知道,但我知道,这是我们与最初的世界统一的部分,自然关联的部分,也是在所谓的文明和进化当中丧失得最快和最彻底的部分。

一个诗人怎么理解上帝?上帝是通常误认为就是生死开关或者掌控生死开关的人吗?宗教是从神话传说、半信史时代向信史时代过渡的时期产生的,世界三大宗教都共同起源于亚洲中西部,我猜想这几大宗教之间可能基本"信息"是相通的,曾经是有交流的,或者说三大体系即使没有信息交流和影响,但是因为地域的相对性,都是可以找到共同的生存背景和接近的人文反应的。而中国人有自己独特的生命观。牟宗三先生说："中国哲学，从它那个通孔所发展出来的主要课题是生命，就是我们所说的生命的学问。它是以生命为它的对象，主要的用心在于如何来调节我们的生命，来运转我们的生命、安顿我们的生命。"（牟宗三《中国哲学的特质》，上海古籍出版社 2007 年，14 页）西方人在遭遇不可思议的事时的惊呼通常是"我的上帝"，中国人则常常是更亲切的"我的妈呀"。

一首诗，读者从中获取的信息常常要比实际的作者想要表达的东西要多出许多来，这就是诗歌的审美溢出。因为急功近利，我们常常倒果为因，我们想省略那个认知的美妙过程，只要那个"致知"的终极答案。而《＜圣经＞上说》这首诗中却保留着"途中""过程"这样的神秘气息。这首诗写于 2008 年，我跟海马说，这一年当中的诗都有着简单朴素而又散淡奇妙的因素和气息。诗歌的好年份也是可遇不可求的啊。

以上对具体诗歌的点评正是基于我个人的喜好和趣味，这样的方式虽然有时会以偏概全，甚至会陷入痴人说梦的境地，但我愿意信任这样的方式。

是为序。

小海
2012 年 9 月 29 日

诗余录

诗人沈方小像

沈方是我的好朋友。

认识沈方是在1996年的诗会上,一个金秋时节,这次诗会还是在沈方的家乡浙江省湖州市织里镇举行的。沈方和另一位浙江诗人柯平是诗会的东道主。在此之前,我曾在《青春》杂志上读到过沈方的一些诗,留下了好印象。

沈方是喝太湖水长大的典型的江南人,白净、高挑、瘦削,有些仙风道骨。记得在整个诗会期间,他话都很少。若论诗龄,他在那次与会的诗人中应该是一位资深诗人了。记得他既要应付本职工作,还兼顾诗会会务,安排诗人们的活动等。我们在参观当地一家市场时,我向他讨教了不少有关当地的风土人情与纺织品市场相关的一些问题。后来到他办公室小坐,我有幸得到了他的一本诗集《市场上的风琴》。短短几天,沈方给我留下的印象是,这是一位不拿诗歌当回"事"的诗人。具体表现在,他从不当众谈论诗歌甚至是与诗歌有关的事情，这在诗人中并不多见，他的个性也就决定了他是一位勤勉、认真、不事张扬，讷于言而敏于行的人。

最近一两年，我学会了上网，在几个诗歌网站上发现了一个叫沈方的作者经常发帖子，贴诗，我以为是一个新锐诗人，直到沈方打电话来约我的稿子，才知道就是他老兄，他告诉我不少诗歌网站以及网络诗歌的知识，使我获益不少。我在心里嘀咕，这家伙真是会玩。

该说说他的诗了。从《市场上的风琴》到现在，他的诗歌风格有了不少明显的变化，但是有一点却没有变，这也是沈方诗歌的过人之处，这便是他对当代现实题材的重视和处理，单从《市场上的风琴》这本诗集中的诗来看，这个特点显而易见。他对日常生活题材的把握和处理十分老道。他敏锐地切入现实生活，直接撷取生活的鲜活的横断面，正是由于"真实再现"的意义，使他的诗歌多了一份反讽和调侃的意味，从对当代生活的无情揭示，实际上便具备了诗歌意义上反生活的作用。他对当代生活规则和生活游戏的真切反映，使人感受到生活的触点和痛区，并最终指向虚无。通过这种方式，沈方建立了诗歌之于生活的意义，那就是说构建与消解。他深知"笔墨当随时代"的道理，并从当下生活的广阔背景出发，演绎诗歌，张扬人性，凌空高蹈，肯定当下，却又批判现实生活的平面化，其手法凝练、泼辣，持之有据，言之凿凿，张弛有度，这便是沈方诗歌的一大特色。

祝愿沈方这个诗歌的"老顽童"越玩越好。

（2001年11月）

诗余录

隔壁的诗人
——非亚诗歌读札

2015年11月底的深圳"诗歌人间"诗会上巧遇老朋友非亚,聊天时说起我们是怎么相识的?一时都记不真切了,可能是大学同窗好友李冯的介绍,他是广西人,和非亚熟悉。非亚的诗也在《他们》上发过,忘了是不是我转给韩东的。但我记得我和杨克编好《〈他们〉十年诗歌选》交给漓江出版社后,他帮忙跑印刷厂、校对、寄送样书,因了他算东道主(广西人),好像就得尽这些义务似的。

由于我的懒惰,和朋友们基本是"君子之交",委实联络太少。二十世纪九十年代中期,我在苏州操办过一回金秋诗会,请非亚来玩过。偶尔的,他来江南或者我去南宁出差,会约了见面畅叙。

其实,成为朋友的理由就是我们都放不下的诗歌。因为"长恨此身非我有",有时在生活中忙碌得麻木了、迷糊了,那么诗歌可能就是一次次的叫醒服务,作为一种超拔的力量,让我们确认自我。

非亚是勤奋的,诗会那几天每天都能在微信上读到他的新作。录一首《我隔壁的诗人》:

> 我房间的隔壁是一个诗人
> 再过去的那间也是
> 他们从电梯上来
> 然后一人一间
> 拿钥匙牌
> 去打开属于自己的门
> 我的隔壁是一个
> 诗人
> 他关上门然后等待某个时机
> 用手指,大脑和笔
> 去操控混蛋的
> 语言
> 我在墙壁的这边,另一边属于那个诗人的想象
> 私密空间
> 我的呢,简单极了
> 我进来就解放
> 自己
> 脱掉外套,皮鞋
> 扯下袜子和牛仔裤
> 然后把自己
> 扔到床上

诗余录

我的行李箱已经打开

书摆在桌子上

手表摘下了

笔和稿子都在哪里

手机噼里啪啦为我翻开一扇天空

现在

镜子里的这个家伙

要开始玩魔术啦

如果他面对窗口

外面的大海

夜晚的风

也或者房间的灯光

能弄出一首诗

我就请他出门,递给他鲜花

带他去旁边的酒吧

喝酒

让他醉掉

骂娘

让他,想喝多少就喝多少

2015.11.27

  从这首诗可以看出,他的叙述或者叙事是清晰的,不含激素的,原生的,线型的,像他在建筑图纸上所画下来的每一笔,这是必须交给制图员和建筑现场监理工程师的。他将诗视作交给读者的建筑,而不敢"愚弄"他们,必须要让他们明白他设计的理念和功用。他记录下了他的生活,哪怕有时背离了他的写作初衷。

我跟他说,这首诗中的日常性很重要,这是生活的常识或者逻辑性让我喜欢,其重要的一点就是它关联了读者,也关联了诗的成立与否。天马行空是建立在生活逻辑中的,而不是胡编乱造出来的。这是重要的诗歌发生学。

今年我还收到他寄赠的诗集《倒立》。读完后,我感觉非亚的写作是随时随机发生的,切身贴已的,迅捷反应的,这是"近取诸身"、打开了自身视阈的写作,但又不是自动写作,没有语言自身的那些内耗与消费。这是信任在写作中的效用,是即刻延展的,是对时间女神的瞬间俘获,也是享受写作自身的智力运动。他的忠实纪录,让读者不自觉地跟随着写作的笔触留下意外收获和喜悦。这是诗自己的生成与生活方式。从奥修所谓的语言是花朵,意义是花香的角度,可能所有的诗人一生只是在写同一首诗:即提炼花香。而他一直在练习簿上画出生活的速写。他提出了"诗感"概念:"直白地说,就是诗人对世界所具有的清晰的感觉、感受和把握能力。"(《倒立》代序)他提出要用粗糙来对治诗歌写作中所有油滑和油腻,虽然"在艺术中,粗糙的东西有可能都是出彩的东西。"作为重要原则,即便是末日来临,诗人也可以在诗里从容地细心记录下并不"粗糙"的生活:

早上起来煮一锅粥
上午放弃去上班,待在家里
写一封信给朋友,然后把信,塞进矿泉水瓶,再拧上
盖子
中午,做一份番茄炒蛋,橙红色有助于信心

诗余录

午睡,像只动物,躲在被窝里
起床后出门,打算去华强路,买几只救生衣
竖起耳朵,看看周围有没有异常的动静
打开收音机,留意天气、地震、台风、海啸的消息
等待儿子放学回来,亲吻她,但不告诉他一切
做饭,丰盛的
和妈妈、妻子、孩子,坐在桌前,开一瓶红酒
祈祷上帝(但有个鸟用!)
看电视,登陆微博
给朋友打一个很长的电话
想去柜子里拿一只行李袋,但不知收拾什么

2012.12.6

(《末日前一天我想干的一些事》)

可能是因为他是建筑师的缘故,他对诗歌的形式感一直比较敏感而且富有直觉,他喜欢那种具有开放感的形式。

我们可以看到他的诗中有一种透明的结构形式,由此,可以观察到语言的内部运转和清醒的架构。而我认为,他诗歌中虚无的、神秘的部分,却往往是在无意识中清除自身控制力的情况下所获得的,别有意趣:

我喜欢的形象是光头
胡须浓密下巴
用须刀剃出山羊胡子
头发要么很长要么中间

紫金文库

　　极短，两边剃得

　　精光，打上啫喱水

　　让它们爆炸

　　戴耳环，或高挺的鼻子别一枚

　　晃动的银质金属

　　穿皮衣，T恤，黑色

　　圆领衫

　　手臂纹上蝎子和

　　毒蛇的形象

2003.6.8

（《我喜欢的形象》）

　　语言就在语言本身的喜好与憎恶中，也许他对诗歌中所谓意义的理解恰如博尔赫斯所说："玫瑰即玫瑰，花香无意义"。

　　正如博尔赫斯所说的："智力和诗歌没多大关系。诗歌发源于某种更深层的东西，超出智力的边界范围。诗歌甚至与智慧都没有关联。诗歌是它自身的东西，有它自己的天然本质：无法定义。"[1]

　　我们的写作是否曾落入另一个陷阱：太重视写作的"意义"了呢？这很容易忽视或者忽略了事物本身和事情发生的过程。而新一代诗人的特质是"天上的白云真白啊／真的，很白很白／非常白／非常非常十分白／极其白／贼白／简直白死了／啊——"（恰好，这次深圳诗会上，白云的赞美者乌青也来了），相对于奥修的"语言是花朵，意义是花香"，这是去意识形态化的"观念"写作，也是去意

---

[1]　《巴黎评论·作家访谈2》，上海文艺出版社2015年11月版。

诗余录

义的民主化写作——对"意义"的反抗,让诗歌写作在网络上有了庞大的队伍。非亚的写作是有别于乌青的。用诗歌来说明可能更好:

我有一个朋友,有一天晚上来到
我的梦里

手里,拎着一条鱼,身上
冒着热气

房间里到处都亮着光,打开门
在客厅里,说

今天我们,可以干些别的
比如,讨论如何
吃这条鱼

它是我,在一条河里弄到的
足足有五斤重

我看着他,好像看到他身后
有一条路
通向了树林后面的河流

嗯,那里有鱼,他说,那里有一种
我不熟悉的生活

而我最大的问题，是从未像我这位朋友

从这个梦出走，离开这个

房间

到森林里去

2012.12.20

（《一条鱼》）

  诗是否有个从物生象、再从象生物的过程？《左传》中说"物生而后有象"，老子却偏偏在《道德经》中先说"无物之象"，在两位诗人看来，物与象的有无不是问题，先后也不成问题。

  那么技术呢？技艺就是生活本身的技巧吗？

  写作让非亚获得了生活的第二本质。这是重生。对生活解构后的重构。

  在诗人智力想象力与不足的时候，我们只要向生活学习：现实中的一切行为、一切对象，生活自身会帮助、扶持诗人前行。因为诗歌关联身体与心灵、事物与世界。这是生活常识。

  也许还需要一种向内的省察力，对现时发生的生活即刻的透视、过滤与理解，这是超越主体的直观能力和理性意志的，却又通过当下被关注，被追溯到我们自身——我们存在时诗歌存在，我们不存在时诗歌也许依然存在。

  非亚的诗歌中有一种独特的亲和力。他不住在象牙塔中，他是住我们隔壁的诗人，多好。

（2015 年 12 月 6 日匆草）

诗余录

一次令人怦然心动的旅行
——读蔡天新《横越大陆的旅行》①

我的朋友蔡天新算得上是个传奇人物。他是一位数学教授，一位数论方面的专家；同时，他又是一个出色的诗人，并且翻译过不少外国诗文；接下来他恐怕还是一位不折不扣的旅行家。我有幸读过他的一些诗歌作品以及翻译作品，但作为想进一步了解他的朋友，我还有迫切地拜读他的数论论文的欲望，虽然我百位以内数字的加减会常常出点儿纰漏。不久，我又跟着他作了一次神气的"跨越大陆的旅行"。

在我阅读了他的那些精确、细致、干净、明亮的具有数学品格的诗歌之后，我想象我的这位朋友一定是一个十分有趣的、甚至是有着可爱的怪癖的家伙，就像我想象作为儿科大夫的威廉斯和作为保险公司老板的斯蒂文斯一样，这可爱的怪癖自然就是指他们在

---

① 蔡天新《横越大陆的旅行》，东方出版社 1999 年 1 月版。

从事自己热爱的职业之外秘密的诗歌情结。跟着这样一位导游去作长途之旅，当然会令人兴致盎然。天新的旅行这回主要是大洋彼岸的美洲，本来是正当的数学之旅（被邀请参加国际间的数学交流会议），都被他引向了自在愉悦的诗歌之旅（虽然诗人也有资格作点儿文化苦旅），正如他自己所言："长大以后我才发现，我们绚丽多姿的生命是由一次又一次奇妙的旅行组成的"。

诗人以数学家的精细，向我们详细交代了他在美国腹地乘坐几十个昼夜火车旅行的微妙的心情变化，还有与美国毗邻的加拿大和墨西哥，以及稍后的欧罗巴之旅。每到一处，他都要用他那精确的、外科手术般剖肉析骨的笔触，向读者细心摹画所访之处的人文地理、山川河湖，当地的数学、诗歌传统和代表人物，以及相关的风土人情，为他自己将来梦想出版的《天新旅行图集》，做着严谨而翔实的工作，这是他作为一位有着奇特癖好的导游应该具备的吧。

而作为诗人的蔡天新，他将他的漫长旅程和诗歌奇妙地结合在一起，他直言不讳地宣称："如果说数学给了我安全感的话，诗歌无疑是我可以随身携带的家园了。"行程甫定，他心中想着的便是参访两类人：诗人和数学家，其实那些人文地理、风光人物仅仅是充当了一回背景而已，这该是怎样的一番情景？！日月同天，风物殊异的风光，能够化作完整的诗歌考察心得，成为激发诗歌灵感的源泉。因此，旅行途中他留下了最值得欣慰的心灵的收获，他还同时向我们演示了一首诗从酝酿到完成的全过程，并且是在枯燥无趣的诗学教科书上无法看到的。他给这样的诗歌定义为"物质的诗歌"，因为物质讲着一种无声的语言，必须让物质自己开口说话，诗人的能力是能够去唤醒物质沉睡的精灵。当然，我想它的前提是，诗人必须得像数学家一样多年独享寂寥和孤独的滋味。

下面我们来共享诗人在旅行中的"物质诗歌"吧。正如等待晚点火车的迫切心境，变成了"人们期待一列晚点的火车／像期待一首漫长舞曲的结束"，以及在火车上的奇妙感觉："一条河流形成的迷雾／阻拦不住列车的高速行驶／惟有太阳从背后追来／将我们赶入一个不期的隧洞"，还有旅途中结识的捧读D.H.劳伦斯的英格兰少女玛丽，"她自远方而来／茉莉花的露台／一个影子的花园／坐落在湿润的国度"。等等。

有了这样的旅途以及途中秘密的诗歌女神做伴，他得出了如下结论："诗是掺和了记忆的一个个圈套／等待为之怦然心动的人和事情"。仿佛就是从最直观的诗歌发生学上来启示我们，使我们有足够的理由相信，凡是有耐心读过这本充满诗情之旅的《横越大陆的旅行》的人，都会忍不住怦然心动。

紫金文库

自由而独立的写作
——关于刘歌的诗歌随想

我去过两次中原。一次是1986年夏天和韩东、贺奕结伴旅行；一次是去年，和车前子等朋友去中原开诗会，中间相隔了18年。

我对中原总是存有一份敬畏之心，在我心目中，能够代表中原的诗人，确实不多。刘歌就是其中的一个。

和刘歌认识，源于《回归》。90年代末，我和旅居加拿大的陈立平等一批朋友相识，并创办刊物《回归》，在此过程中，我和刘歌相识，并陆陆续续读到他的一些作品。刘歌多才多艺，诗歌、小说、散文、评论样样拿手，风格与时下流行的作品迥然不同，可谓独树一帜。这是一个和我一样的第三代诗人，只是晚近才被人读到、认识。但这并不妨碍他作品的质地和冲击力。就我读到的他四部作品，可以看到刘歌有相当长一段独立写作的历史。这是第三代诗人当年共同面临的写作背景。这对新一代网络写手们来说，简直是匪夷所思。独立写作是指一个人在相对封闭的黑暗状态中摸索多

诗余录

年,独自奋斗打拼,在焦虑、狂喜、自我怀疑、自我矫正的交织情态下写作,这是一种真实可信的写作状态,锤炼了一个诗人的基本信念和价值观,有助于个人风格的沉积、形成。丰厚的人生经历加上太多的自我挣扎、自我教育,又多年滞留在黑暗中,刘歌才能做到厚积薄发、一鸣惊人,也使他的诗歌面貌卓尔不群。其实,无论在他的诗歌、评论,还是早先我读到的小说、散文,你都能看到汪洋恣肆的气派和英雄主义的创造激情,追慕高远的古典主义情怀,同时又不乏对现实的敏锐洞察和勇毅的斗争精神。他既悉心守护古老价值又锐意探索创新。他的文风质朴大气,处理当下经验睿智老辣而且手法高妙。他既是寒冬夜行人,也是春来报晓者,完全可以说,他是横跨文体和时代的一位优秀作家。作为他的朋友,我们有理由对他有更高的期待。

(2005 年初)

我读《辞典》

我们一直期望读到一些有趣的诗歌,因为多年来我们读严肃的诗歌读的太多了,从政治到不关生存痛痒的所谓"文化诗",包括我自己多年来的创作,重读时,实在令我沮丧。年前,承蒙我的朋友十品寄赠《辞典》,让我的诗歌神经彻底放松了一回,让我猝不及防洗了一次词语浴,有了一次有效的精神调剂。这首诗我讲它趣味横生是基于以下的两层意思:

其一,《辞典》在无意之中对当代生活和当下文化情境作了一次反串。

这些年来,或者确切地讲是改革开放以来,我们的生活我们的文化所经历的洗礼可谓太多了。纷纭复杂的世界扑面而来,目不暇接,有时令我们处于放弃或选择的两难境地。记得有句流行歌词叫作"不是我弄不明白,而是这世界变化快"。因此,我想说的是,十品在这组诗中向我们展示的绝不仅仅是高效精简的词和词根的组合,他几乎集合了我们近二十年来所有的新翻的本土文化词藻和外来词汇的雇佣军,是一次空前的大检阅。诗中的每一个词都令我们发出不少感慨,它与我们的个人生活和社会、国家的历程休戚相关,每一个词都代表了我们一段迷惑、挣扎、无奈、激昂、向往的复杂文化内涵。十品的聪明之处在于,他并未使用诗人熟练的夸张、衍化或预言般的本领,而是活生生地、赤裸裸地呈现这些词,还原这些词,看似无意的组合,实是精心的整合,有意味的策划和本真的磨合。这是我们当代文化假面舞会的一次反串,我不想讲是反讽,也许我们作为剧中人,没有这个资格说。从这个角度讲,《辞典》有纪录片的意义,记录了我们临近二十一世纪门槛的过程,记录了事实、事件和众生相,记录了不容回避的矛盾和问题,怀疑和诘问,失落和徘徊,诸如此类。这是一份有益的备忘录,让我们在开心一笑之后仍然残留一份记忆。《辞典》的视觉效果无疑是强烈的、有趣的、逗人捧腹的,这就行了。

其二,《辞典》的游戏法则让诗人在沉重的时代有了一次解脱尝试,或者让诗人做了一次"冬游"。

记得去年底,我收到海外和港台诗人寄赠刊有"语言诗"和"电脑网络诗"的杂志,翻检之下,觉得非常新鲜。这些诗有几个共同特点:首先是遵循游戏法则,给人的感受是有拘无束、有来无由、飘忽不定,充分施展语言变幻的才能。其次是与当下生活的密切关联性。再就是组合(我暂且用这个词)无规则,而且信息量比较大,包容性强,有奇异的阅读效果。更主要的是,这批诗人相对我们这个年龄段都是真正的晚生代,他们中大多数是七十年代甚至八十年代初生的。我不敢断言,这几个特点是否预示着未来诗歌的变革或基本流向。这不令人奇怪,稍有艺术常识的人都知道,"游戏说"也是艺术起源论的一个有力论点,你是否赞同是另一码事。这种对词汇本身的热情并不可怕,绝不简单视作"砸锅卖铁",而应当看作是诗歌中一些禁区或盲点的一次短促突进,一次有趣的探索,一次轻松之旅。比我年长几岁的十品能有如此年轻的心态投入诗歌创作,他的勇气和不断的努力精神令我感佩。顺便提示一句,这样的实践只能是偶尔为之,这是十品所采取的方式本身所决定的。

(1998 年 1 月 10 日)

诗余录

情、理、韵的结晶
——高健译著《英诗揽胜》[①] 读札

译界前辈高健先生的《英诗揽胜》收入了从英国伊丽莎白时期的华尔特·罗利到二十世纪六十时代去世的约翰·梅斯菲尔德等四十一位诗人的一百零五篇诗作及其各篇的解读诠释文字,也附录了译者的翻译理论及心得。许多都是我们耳熟能详的大诗人的名作名篇,如莎士比亚、弥尔顿、布莱克、彭斯、华兹华斯、雪莱、济慈、勃朗宁夫人、丁尼生等。高健先生译笔高华,形神兼备,诠释文字见解不凡,对国内诗歌翻译界乱象与弊端的批评也是一针见血、切中肯綮的。

作为诗歌的创作者,诗人们读诗,尤其是对一些名作名篇的阅读是十分用心的,其"阅读模式"和一个纯粹欣赏者的角度可能不同。专业的诗人有时是为读诗而读诗,或者说是为写作而读,诗人

---
① 高健《英诗揽胜》,北岳文艺出版社 2014 年版。

要从中读出背后的"文本",这里我临时借用一下法国热拉尔·热奈特在《隐匿稿本》①一书中的"超文"概念:"我所称的超文是:通过简单的转换或间接转换,把一篇文本从已有的文本中派生出来。"你不能指责诗人的阅读是功利的,普通读者阅读就是纯粹的、享受的,任何一种阅读都有实用性。不然我们就无法理解戴若什(Damrosch)对世界文学的"三重定义":世界文学是对各民族文学省略式的折射;世界文学是能够在翻译中得益的创作;世界文学不是一套固定文本的文典,而是一种阅读模式:一种与我们的时空之外的世界进行超然交往的方式。②

好,现在我们回到翻译的话题。关于诗歌是否可译的问题,歌德与弗罗斯特的观点完全相反。费罗斯特认为,诗歌正好是翻译中丢失的部分。歌德说:"我重视节奏和声韵,诗之所以成为诗,就靠着它们。但是诗作中本来深切地影响我们的,实际上陶冶我们的,却是诗人的心血被译成散文之后而依然留下的东西。"(《歌德自传——诗与真》(下),人民文学出版社,1983,第514页)高健先生基于"每种语言都有它自己所独具的性格、习性、脾气、癖好、气质,都有它自己所独具的倾向、性能、潜力、可能性、局限性以及优势与不足等等,也即是说有它自己的语言个性。由于每种语言都有上述各不相同的个性,他们在各自的运用与发展过程中于是逐渐物化为多种多样纷繁不一的具体语言特征。"(参见高健《语言个性与翻译》)而提出了"语性说"翻译论,这是对传统翻译理

---

① 史忠义译《隐匿稿本》,百花文艺出版社2001年1月。
② 林源译《而译集》第49页《从反文典到后文典时期的超文典:作为文本和神话的张爱玲》,复旦大学出版社2013年6月。

论"信、达、雅"的补充与修正。他认为外国诗在译成我们的语言时，首要的一点便是根据我们的入诗标准从译入语的表达上给予恰当的风格处理。他认为理想的译者"在追踪古今诗人的步趋时真正能够与他们的想象共飞升，与他们的奔骤并驰驱，与他们的心潮相起伏，与他们的遭逢同歔欷，并在这种困厄诧祭之际，仿佛孔子的门人与屈原的仆夫那样，做他们真正的同情人。"（见高健《译诗札记》）

当然，完全对等的翻译并不存在，即使是由同样精通不同语言的诗歌作者来进行自我翻译，也无法做到。任何一种语言都有自身无法破解的问题，这是语言的秘密。也就是说翻译中的科学性和客观性仅仅是相对的，优秀译文必然是由译者对原作者的"再创造"，一种严肃的再创造，要求译者掌握原作的生命甚至灵魂。因为翻译不是简单的数学运算和逻辑推导，语义和价值完全等量齐观的所谓正确与精准的翻译是不存在的，极端的情况下，一种语种中的经典作品到了另外一种语言中可能是不入流的、甚至是幼稚可笑的荒唐之作。比如，我们耳熟能详的古典诗词，到了其他语种里未必就一定还是经典，也可能会变得诗意全无、索然无味。古典名著《红楼梦》也可能被译成一场场琐碎无聊的饭局、游园活动和一连串无法理喻的男女私情。当我们追问原因时，省力一点，皆可归之于《圣经·旧约·创世记》宣称的巴别塔事件的后果：上帝为了阻止人类兴建通往天堂的高塔而让他们的语言彼此无法沟通。与此同时，一个不争的事实是，虽然困难重重，人类无法停止的思想与沟通的渴望一样迫切。语言会随着思想自生自灭，同样也会追随着层出不穷的新思想而焕然一新。雨果在《论文学：克伦威尔序》中说"每个时代有相应的思想，同样，也应该有与这些思想相应的词汇。语言好像大海，始终波动不停。在某些时候，它离开思想世界的此岸而飘到彼岸。被它的波涛遗留下来的一切，就枯萎了下去并且从这大地上消失了。也正是以这种同样的方式，一些思想寂灭了，一些词汇消逝了。对于人类的语言来说，其情形完全与万物相同。每个世纪总要带来一些东西，也要带走一些东西。有什么办法呢？这是势所必然的。"而译者的一项重要工作呢，偏偏是要在通晓"语性"的基础上，去重新复活那"诗与思"。

　　高健先生的译笔无疑是兼具诗人的灵敏与学者的严谨的。他的译作能从具体作品出发，传达出诗歌独特的艺术与语言之美，情、理、韵三者皆备，一些英语诗歌经典经他之手而熏染上汉语古雅的韵味，如布莱克、彭斯的诗歌，以及华兹华斯《三月即事》、拜伦《哀希腊》、济慈《无情的美人》、丁尼生《夏洛女郎》等，又避免了苏曼殊用五言绝句、胡适用骚体译拜伦《哀希腊》的那种削足适履的译法。在针对不同时期的英伦诗歌时，他的翻译都能曲尽其妙，这得益于他的慧心、博识与眼界——每首诗都有详尽的时代背景和创作情境评析。高健先生几乎做到了一个译者难以企及的高度：让诗歌回到了自己的时刻。

诗余录

译者的风采
——读林源译文集《而译集》①

2012年6月初，美国著名评论家依兰·斯塔文斯携夫人艾里森·斯巴克斯教授来中国，出席他的著作《加西亚·马尔克斯传——早年生活(1927—1970)》在中国的首发仪式，并在中国社会科学院、中国人民大学、银川书博会、沙家浜国际写作中心和常熟理工学院分别作了多次学术演讲和交流活动。林源作为斯塔文斯教授在苏州活动期间的主要翻译者全程陪同。我记得在常熟理工学院"东吴讲坛"上，依兰·斯塔文斯教授演讲的题目是"译与讹"。演讲者是美国研究拉美文化的首席专家、全世界研究加西亚·马尔克斯最优秀的学者之一，被《纽约时报》誉为"拉美文学研究的沙皇"。应当说这是关于翻译理论十分专业而严谨的一次高水平学术演讲。现场翻译的好坏会直接影响演讲者的情绪与演讲的实际

---

① 林源译《而译集》，复旦大学出版社2013年5月版。

效果，作为听众的我，真正领略到了演讲者和翻译者之间的绝妙配合，也亲身感受到了现场提问、互动环节的热烈。演讲结束后，苏州大学外语学院的周春霞老师告诉我（周临时客串斯塔文斯的西班牙语翻译），斯塔文斯对林源的现场翻译非常满意，堪称完美。

林源从复旦大学毕业后又去香港浸会大学专攻翻译学，之前也曾游学加拿大。多年来，林源一直致力于翻译，收在这个集子当中的就有他十多年前的译作。我和林源是好朋友，他身上有这个时代少有的纯真超拔，明慧洒脱，淳明慈良，同时又兼备笃学不倦的谦谦君子风度。记得一次聚会中，他很正式地宣布，他要一直学习到五十九岁，工作一年即退休，然后继续做学问搞研究。我开玩笑地问他，那么你靠什么生活呢，他说卖文为生，我的生活标准很低哦，一天两顿饭管饱就行！大家都被他逗乐了，这是现代版的一箪食一瓢饮在陋巷，其实大家也都知道他并不是在开玩笑。

林源的翻译是有自己的新颖视角与果断抉择的，一是国外大家、汉学家、海外华裔学人的美学经典文论与作家论，如斯塔文斯、顾彬、张英进等人的，二是国外经典作家自身的美学论著，如美国著名作家莫里森等人的，三是国外对中国现当代作家的评论，这一类译文如张爱玲的多部小说评论、莫言《丰乳肥臀》和《天堂蒜薹之歌》、余华《兄弟》、苏童《我的帝王生涯》、王安忆《长恨歌》、姜戎《狼图腾》等等。这些文章在不同的领域和研究方向上都具备一定的代表性，又可以满足国内专业研究人员、高校师生、普通文学读者不同层次上的需求。

有关林源的翻译风格，最有资格评点的莫过于他的硕士生导师、香港浸会大学英文系的杨慧仪女士了。她在为林源译文集《而译集》所作的序"到底有没有译者风格这回事？"一文中，这样

诗余录

夸赞她的高足:"译文在不破坏源文情味的原则下,以通顺流畅的语言,尽量提高读者阅读的效率,以理导文,以文梳理。这含蓄的翻译策略背后,是对源文意义坚定的信念;这类翻译,是源文最理想的伙伴。成就这翻译风格的,正是译者对中国现当代文学创作和评论的国际视野,还有对国际文学评论,无私不息的服务精神。翻译天才先贤严复说译事三难:信、达、雅;容许我在这也说译事三难:谦、和、勤。这译文集做到了。"中国翻译界百年来有"信、达、雅"一说。一般来说,信是第一位的。要从感受、体验原作出发,要有对对方语言的敏感,才能登堂入室,再而细细体悟原作的境界和神韵,需要对两种语言及其背景有丰厚的知识储备和文化教养才可做到。说到翻译风格问题,我记得鲁迅先生主张"宁信而不顺"(1931年末给瞿秋白的信)的直译。傅雷先生则主张"翻译就像临摹,但求神似不求形似"的意译,他极为推崇黄宾虹和齐白石,我读过他写两位画家的文章,他是受此启发有感而发。我认为意译代表着翻译中再创作和重写的可能与能力,翻新与再造,不是另外一个语种的双胞胎而是一群新儿女,是灵魂的呼应和自由的泛音,这是语言精致的分辨力也无法控制的。我想,对那些经典的翻译工作常常像是在读一本无尽之书,永远接近着原作,而又永远敞开着巨大空间,向着未明的原野铺展着,这是一门独特的翻译阐释学。"谦、和、勤"则是译者向着"信、达、雅"这个目标不断前行的有力保证。

斯塔文斯教授在和我进行的关于文学的长篇对话中这样阐述他的翻译风格学理论:"翻译不是算术,主要取决于释义。没有两篇译文会一模一样,因为译者是不同的人,有不同的见解。即便是同一个译者翻译同一篇文章的译文也会是两个不同的版本,因为时空发生了变化，此时的我们不再是彼时的我们。另一方面，我相信翻译的本质是数学运算，这么说是因为我想强调它的科学性——答案很简单：语言和情感都可以量化。如果我们研究诗，并与熟知这首诗歌语言的人合作（指诺贝尔文学奖获得者、著名诗人约瑟夫·布罗茨基和美国诗人罗伯特·威尔伯的诗歌翻译风格），方程式就可能成立。"

　　我祝愿林源建立在科学性和翻译理性基础之上的林氏"方程式"早日成立。

诗余录

花朵与少女，时间与石头

2009年底，苏州大学的吴培华总编辑热忱地向我推荐了东北高中生诗人原筱菲的《时间之伤》和《嬗变的石头》[①]这两部诗稿，像我以及与我一样当年从校园起步写作的诗人，对诗歌与人生的关系以及诗歌对心灵的滋养，都别有一番感触。我想象不出今天的校园诗人有着怎样的生活、会写出怎样的诗歌，带着这样的好奇心来读诗本来就有先入为主的意思了。承蒙他的识珠慧眼，这位"九〇"后少女诗人的作品确实出手不凡，别具一格。

关于《时间之伤》

原筱菲的散文诗集《时间之伤》像专注于自己内心的一部音乐

---

① 《时间之伤》《嬗变的石头》，苏州大学出版社2010年1月出版。

剧，引领你进入一个少女神秘的心灵剧场。她的倾听与表达，专注于个人内心体验以及与世界的对话，她为我们创造了一个封闭而又自足的世界，读者可以和剧中人一起，在其中沉醉、梦想。

我登上纸的梯子摘下许多纸星星，
放在纸杯里；
再坐上纸船，
飘纸的海洋。
——我练习着与一个纸人相约，
幻想着与它应当是怎样的一种相遇。

(《和一个纸人相遇》)

原筱菲的语言既斑斓多姿、扑朔迷离，又同时兼有清新晓畅、凝练明快的风格。正如她自己所说："我喜欢把时间把握在自己的手腕上，倾听自己的呓语和心跳。"

读者可以跟随《时间之伤》一起去阅读书本、阅读自然、阅读心灵，和心在一起，做一回"真正的自己"。我也是少年时代开始写作的，读了原筱菲的作品后我才知道，她比我写得更早，也更老道、成熟。

我愿意把这本书推荐给我自己的孩子读，因为这是值得拥有和可以信赖的一本书。

关于《嬗变的石头》

没有读过原筱菲的诗集《嬗变的石头》，不知道一个少女的心灵可以如此敏感而又斑斓，她一方面专注于自己的心灵世界，一方面又敞开心扉努力保持和世界的普遍联系，她用少女黄金岁月最美妙的嗓音歌唱，歌唱她自我意识的觉醒和呼唤，歌唱她的惊讶、发现、梦想和赞叹——

> 我一直以为空气是无形的
> 它清新透明而又无所不在，我呼吸
> 轻而易举地享受这看似虚无的一切
> 即使在一个空旷的屋子里。天渐黑
>
> （原筱菲《空屋子》）

原筱菲的诗细腻清丽，意象优美，色彩明艳，现代诗歌技巧的娴熟运用，使诗歌的外在形式和本质含义更为契合，同时又带有浓重的抒情性和音乐感。她的诗中时而有痴迷落寞，时而有惊讶感伤，既有情真意切的直抒胸臆，又有微妙迷思的神奇呓语，既有跳跃和跌宕，也有遐想和留白，既流露出对生活中真善美的明晰企盼，又传达出少女神秘的内心情怀，需要读者去用心揣度、感应。

张爱玲说出名要趁早。少年成名与少年得志又是一把双刃剑，也会给人带来双重的压力，而未来又恰恰是不能预支的，不知道原筱菲柔嫩的双肩能否承担得起。因为一方面她要接受生活和写作的砥砺，一方面要接受成长的摔打和面对未来的考验。是否提得起并放得下，从而勇敢地直面，这是一道命题。最后，我想要告诉原筱菲的是：石头也许是最不嬗变的，这就如同诗歌中的真理性追求一样。

祝愿作者诗心常住，童心永在。

（2010年3月）

四、苏州册页

苏州文化抗战的壮丽诗篇
—— 读《苏州抗日救亡诗钞》[①]

在抗日战争胜利七十周年纪念日，苏州这块人文荟萃之地的文化抗战成果之一的《苏州抗日救亡诗钞》已经呈现在读者面前。这些诗歌，直接诉诸最平实、切近、晓畅的语言，旨在唤醒大众，全民参与，担负起救亡图存的神圣责任。它们是警世钟，传达了时代的先声；它们是控诉书，揭露了侵略者的兽行以及对文明的践踏；它们是战地号角，也是刺入敌人心脏的匕首和投枪；它们是传檄书，也是报晓篇。

全民抗战是一场决定中华民族生死存亡的伟大壮举。抗战是两条战线彼此配合，互相呼应，共同进行的。一条是军事斗争战线，一条是文化斗争战线。文化抗战作为十分重要的一条战线，旨在唤

[①] 苏州市委党史工办编《苏州抗日救亡诗钞》，古吴轩出版社 2015 年 8 月版。

诗余录

醒全体人民的民族意识，坚决回击"亡国论""速胜论"，和汪伪汉奸的"和平救国论"，针锋相对地反击日本侵略者在占领区对民众进行的奴化教育。号召工农兵学商万众一心，同仇敌忾，抗日救亡，还我河山。宣传持久战，坚定抗战必胜信念。

我们知道，一个国家要蚕食、灭亡另外一个国家，除了军事占领外，亡国灭种的重要条件，必须先亡其文化。所以，军事与文化这两条战线斗争的重要性是等量齐观的，共同汇成了一部伟大的抗战民族史诗。

苏州作为中国文化重镇，在浴血奋战的14年中，文化抗战的种种事迹，可永载史册。1931秋，苏州中学学生项志逖（即胡绳）与吴大琨、马继宗（即唐纳）等创办《文学旬刊》，发表抗日诗歌、散文、小说。1932年初，东吴大学等在苏大中学校开展了全市抗日救国新剧联合公演，并在年底成立苏州戏剧联合会，多次组织演出《怒吼吧，中国》《放下你的鞭子》等抗日剧目。1934年8月，著名文化人顾准会同李建模到常熟开展抗日宣传，建立中华民族武装自卫委员会常熟分会。章太炎先生1934年秋自上海迁居苏州直至1936年6月去世。期间，他秉持家族先祖的夷夏之辨思想，不顾疾病缠身，弦歌不辍，传授国学，创办"章氏国学讲习会"；他反对投降，力主抗战，留下了"若异族入主，务须洁身"的遗嘱。流布于世的遗嘱还有一个版本为"设有异族入主中夏，世世子孙毋食其官禄"，彰显了一代国学大师的民族气节。1936年11月23日，南京国民政府以"危害民国"罪逮捕了沈钧儒、章乃器、邹韬奋、史良、李公朴、王造时、沙千里等呼吁停止内战、建立统一抗日政权的七君子，并羁押于苏州江苏省高等法院。苏州和全国文化界立即掀起了声援七君子、支持一致对外抗战的舆论新高潮。1937年9月，江苏省立苏州图书馆馆长蒋吟秋先生，组织职工，将馆藏善本图书分批转移至洞庭东山、西山，并以自己任教及典卖所得补贴保管人员生活费用。虽历经日伪威逼利诱，藏书终获保全——苏州文化抗战的不少感人事迹皆由诗人们以诗写史、以诗证史，载入了这座文化名城的历史记忆之中。

这部抗战诗钞，从一个侧面忠实记录了苏州大地上展开的轰轰烈烈的文化抗战史实。作者们用诗歌形式，表达不愿做亡国奴，坚决抵抗外族入侵的斗争意志，以及讴歌抗战军民生命不息、战斗不止的牺牲精神。在这一百首诗钞中，可以看到"七七"卢沟桥事变的消息传到苏州后，周瘦鹃先生在《申报》发表充满民族血气的《卢沟桥之歌》："此其时矣！此其时矣！秣我马，厉我兵，冲上前去，抵抗敌人，我只知有国，不知有身；我有进无退，虽死获生……以公理为先锋，以民气为后盾，冲上去抵抗敌人。一寸寸国土，一寸寸黄金，谁要抢着走，我和谁拼命。"淞沪大战后，十九路军在苏短暂休整，蔡廷锴将军参加群众集会后写下了"铁心扫倭寇，誓保金瓯全"的壮丽心声。张治中将军在苏州公共体育场为淞沪抗战阵亡将士追悼会所作的祭文中"人生草草，大地茫茫，忠贞亮节，山高水长。鸣呼将士，庶几来飨。"可谓气势沉雄，催人泪下。曹大铁先生用"满目漫天兵火，伤心遍地哀黎"来控诉侵略者的暴行。"桃红柳绿我不爱，单爱亲人江抗军""盼望'民抗'回村上，摘筐葡萄给他们尝"，苏州人民用朴实的山歌、民谣传颂着"民抗""江抗""太湖游击队"将士们在东吴大地上团结民众、奋勇抗战的业绩。

这些诗篇的作者中，有刚及弱冠之年就血洒疆场的烈士褚学潜，有上马草军书下马击狂胡的任天石、仲国鋆，有一手拿枪一手拿笔,创作出《大刀进行曲》的常熟籍作曲家麦新和诗人田夫、白丁,有曾经兄弟阋墙、在民族大义面前携手合作,与子同袍,共赋采薇篇的张治中、蔡廷锴诸位将军,有为抗战奔走呼号、不惜性命的民主人士和知识分子何香凝、柳亚子、沈钧儒、李根源、张一麐等。

全面侵华战争爆发后,气焰嚣张的日寇一方面在军事上呈压迫态势,在文化领域甚至也赤膊上阵,炫耀战功,恫吓和威胁中国民众,企图从精神上彻底消解和摧折中国军民的抵抗意志。日酋松井石根1937年10月被任命为华中方面军司令官,12月13日率军攻占南京,制造了震惊中外的南京大屠杀,造成30多万人遇难。这位素以"中国通"自居的刽子手,占领南京后骄狂不可一世,写下了炫耀武功的屠城诗。居然用的是汉诗的体例:

以剑击石石须裂,饮马长江江水竭。
我军十万战袍红,尽是江南儿女血。

那些矢口否认南京大屠杀的日本政客不妨读一读这首诗,这是杀人恶魔的自供状。

苏州沦陷后,松井石根对包括大盂鼎、大克鼎和俞樾手书《枫桥夜泊》诗碑在内的文化瑰宝垂涎三尺,亲自部署夺宝行动。好在苏州名门潘家早有防范和安排,在家中挖坑,将祖传下来与毛公鼎并称"海内三宝"的西周青铜器大盂鼎、大克鼎埋藏。虽经松井石根盘查及驻苏日军7次至潘家搜寻仍安然无恙。现两宝鼎分别由中国国家博物馆和上海博物馆收藏。苏州的爱国人士还会同寒山寺住持,想方设法合力保护了晚清国学大师俞樾手书的《枫桥夜泊》诗碑，使松井石根将诗碑劫掠去东京皇宫的阴谋未能得逞。补充一句，战后，这位恶贯满盈的甲级战犯被远东国际军事法庭判处绞刑。

在民族危亡关头，一批批江南儿女并没有被敌人的嚣张气焰和屠刀所吓倒，他们以"我以我血荐轩辕"的精神，投笔从戎，前赴后继走上抗日战场，为自由和民族独立，用手中的枪和笔同时回答了敌人的挑战，在血与火的峥嵘岁月里用碧血丹心谱写出壮丽的抗敌诗篇。

"我们为自由可以抛掉头颅，／我们为自己的理想可以洒热血！／又何必为我的牺牲而痛惜？／我是带着光荣完成了对祖国的任务。"这首诗的作者是"新江抗"连指导员褚学潜，在1940年2月8日反击日寇偷袭的洋沟溇战斗中壮烈牺牲。"常熟人民抗日自卫队"领导人任天石，在抗击侵略者的战斗间隙写下了"前有义勇军，后有老百姓，军民团结起来赶脱东洋兵"。作曲家、诗人麦新在《牺牲已到最后关头》一诗中发出号召："中国的人民一齐起来救中国，所有的党派，快快联合起来奋斗！／同胞们！／向前走，别退后，拿我们的血和肉，去拼掉敌人的头／牺牲已到最后关头，牺牲已到最后关头！"

《苏州抗日救亡诗钞》是苏州文化抗战史上的一笔宝贵精神财富，灌注于这些诗篇中的天下兴亡、匹夫有责的爱国情怀，上下同心、共御外侮的团结精神，捐躯赴国难、视死忽如归的豪迈气概，将永远激励后人，成为生生不息的前进动力。

诗余录

读杨明的雕塑《蚀》

月初参加了好友杨明的雕塑《蚀》向苏州工艺美院的捐赠仪式，二十多年前杨明在中央美院就读时的老师钱绍武先生也出席活动，并在致辞中高度赞扬了这件作品。在这件作品旁边，也看到了镌刻着李小山、韩东、于坚以及我本人为杨明雕塑题写的一句话。我的一句话是："'何等野兽，终于等到它的时辰'。我们能够觉察到某种异样和异质的氛围，由此而形成一种张力，将我们活生生抛向了另外一个时空，一个陌生化的'宇宙'"。我本人更是很高兴也很荣幸地见证了杨明雕塑的捐赠仪式。为什么这么说呢，因为杨明是我心眼中少数杰出的雕塑艺术家之一。

我所以喜欢他的作品，就是因为他作品中所呈现出来的那种人文力量与精神性。几乎他的每次画展，我都要赶去现场观摩、学习，也总是有新的收获。

我也愿意向大家简单介绍一下我对杨明这件雕塑的理解。

雕塑作品《蚀》是杨明的一件重要作品，也可以说是名作。这是1993年秋天，他在山东威海完成的一件作品，当时是国际雕塑大赛放在威海雕塑公园举办，这件现场创作的《蚀》为他斩获那次比赛的金奖，并被作为"美术文献"收入了《中国雕塑史》《中国当代雕塑》《今日大型美术》等。这件捐赠的作品虽然是复制了自己的旧作，但由于材质的微妙区别、时空的变化与创作时心境的不同等等因素作用，可以说是令他再次投入了创作激情的一件新作品，其唯一性还是能从最终的成品上一望而知的。

杨明的作品我几乎都过眼不忘。但这件作品的名称我还是记成了他的大型雕塑"纪念碑"系列中的一件作品，我个人还是认为用来命名那样的作品更有意味。作品的命名有时并不重要，或者说观者的理解与作者的意图并不一致，关键是"文本"本身展现的力量。这件作品打动我的同样是由于杨明雕塑艺术背后呈现出来的思想性。它不需要用说教，不需要用外在的说明性文字、标题上的提示语才能让我们感受得到，它是那种扑面而来的，在雕塑与环境、雕塑与人之间形成了一种强烈张力。杨明让作品文本自身呈现的力量在说话，让我们突然之间明白了那个人定胜天的、无所不能的人，那个自诩为万物灵长的人，那个建立了高度物质文明的人，面对这张也许再普遍不过的椅子时，就显得那么的渺小和虚弱。所以我在现场跟钱绍武先生开玩笑说我"惊"得都不敢坐上去了，怕一下子就"融化"掉。其实，在漫长的人生旅途中，人想放慢自己、想停顿一下时，这一刻的他（她）就彻底消融了，肉身不堪一击，"瘫化"在这张"永恒"之椅上，这是人的"痕迹"，人的"影子"，这个雕塑是否有

诗余录

提示甚至警示我们人类的寓意？相对于宇宙和时间，"人类"的那一刻、"文明"的那一刻，真的像历史学家们说的是"永恒之在"或者哲学家们说的"存在""亲在"吗？这一时刻中坍塌的、变形与走样只能是人。当作为人类的我们都消失了，而这张"椅子"还在的时候，可以从这张"椅子"身上反溯到作为我们人的存在吗？这个雕塑就不由得不让我们去寻求、追问存在的意义。人这种天地间独特的存在物能够破解历史、存在的终结意义吗？！

与此同时，我们也看到，椅子是日常生活中最普遍的一件日用品，日用品成为艺术品的前提条件是什么？要经过怎样的转换与蜕变？我认为，它是经过了雕塑家有选择的目光后才成为了"道具"，才成为了艺术作品的。在杨明的这件作品里，日常生活的神圣性得到了诠释。在室外的条件下，他选择最有日常代表性的椅子系列、凳子系列作为题材，就是考虑了既然作品将会被安置于户外环境中，那么必须首先就应该做成与空间、与人契合和亲近的作品。杨明说："我的创作设想是，要让人们可以并愿意与之关联，但它不只是一张椅子，而是一件艺术品"。他是一个从日常生活出发去挖掘创作元素与艺术材料的人。往往是这样，最优秀的那类艺术家永远愿意直面最平常的风景，他们处身生活之中，生活本身就是他们眼中的风景，而不是相反。

最后，我想说的是，将《蚀》这件已经载入了当代雕塑史的作品置于自己任教的苏州工艺美院的校园内，有着一份特殊的意义，和校园环境也相得益彰。我认为有了杨明，这个学校是有福的，甚至这个城市也是有福的。一方面，作为室外公共雕塑，能够提升学校甚至城市的人文艺术品位，另一方面也使得学校能充分利用这个现成的艺术和教学的道具,发挥最大效用。我想,这也是他工作的单位善待和珍惜自己的艺术家的一则佳话。

(根据作者在杨明雕塑《蚀》捐赠仪式上的致辞整理)

诗余录

一个艺术现场：王绪斌

绪斌是我的好朋友。我对他的印象很怪，如果看到街道上有一个矫健的身影，我总是第一时间想到他。不要奇怪，他是个有行动力的画家，闲不住，把人到中年都懒得动的大家伙儿串在一起的人总是他，而且在朋友们当中总得要有这样一个人。二十世纪八十年代末九十年代初期他先是跟我们这批文青们玩，接着跟下一拨文青和画家们玩，现在他的绘画展览还是经常跟艺术学院的青年老师和学生们一起办，也就是说他又跟更年轻的一批人玩上了。我在"蓝波"艺术沙龙策划过一次他的个人画展，开幕酒会后他随着音乐起舞，浑身关节像装了弹簧，摆动的四肢就像他画中的线条，节奏也像他在画布上着色的风格，没有套路和程式，即兴发挥，赢得一致喝彩，不知道底细的以为他是跳街舞出身。

他的画也是舞动的，画中藏着一个跳动的精灵，总有一个孩子的原型在作怪，哪怕是处理"重大题材"时，可他的画常常是无主题啊,常常是音乐中的散板和泛音,他的忽发奇想、活泼浪漫、灵动天趣,像自由的音符可以这样也可以那样处理。

他是"八五"美术新潮时期苏州最早投身现代绘画的一批人之一。他一直在苏州"穴居",没有厮混于北上广等艺术家群落,错过了"命名"与"定义"。他长期在一家工厂里面一直熬到"功德圆满"——光荣内退。我永远不知道他画的灵感是从哪里蹦出来的?有一回他说:小海,我读了你的诗后画了一张油画。我有点儿小小惊讶,他部分回答了我上述疑问。这是个开放、自信,能从一切艺术形式中汲取养分的画家。

他有许许多多的好想法,比如有次建议大家晚上去太湖边找个荒山,一组人挖坑,一组人拎水从太湖提水上来注满它,可别当是植树节组织大家义务劳动,这是个行为艺术,然后大家围着看月亮呢还是再由一组人往湖里面反向运水呢,我忘记掉了。反正当时我认为是个很牛的创意,不比为"为无名山增高一米"差。再后来,我把他的创意变成一首诗又再送给了他。

行为
——送王绪斌

三个人扛着铁锹
一个人拎水桶
四个人坐船上岛
爬到山顶的四个人
选好一块平地
三个人开始挖土

诗余录

一个人东游西荡找石头

一个人说挖半米深就行

一个人说一米深躺得进人最好

坑边垒上一圈乱石

四个人分头下山

从太湖里面取水

接力到山顶,满桶水

洒了三分之一

有人半途看到松鼠

有人说踩到了蛇

坑里渐渐注满了水

一轮明月被接应到山顶

他们围坐一圈等浑水变清

看月亮摇摇晃晃下坠到坑底

山风渐渐收起了他们身上的热汗

然后他们接力

又将水运送回山脚太湖之中

四个人分头梦到了月亮

直到月亮变成了无腿残疾的大佬

孤零零躺倒在水坑中央

  如果聚会中有不认识他的人,我会开玩笑请他猜王绪斌的年龄,我知道这个游戏还可以一直进行下去。如果我不小心说出了他的真实年龄,总会有人说这太夸张了。他可不是个纨绔子弟,"底子"好,这么会养生,又这么天真,不谙世事。现实恰好相反,从我认识他至今，几十年一直仄身于桃花坞大街的一间旧房子里，可谓身处陋巷，箪食瓢饮，和妻子小高相濡以沫，人不堪其忧，艺术让他不改其乐，永葆青春。我这么说可能有点儿轻巧，但几十年中，朋友们确实没有见识过他穷困潦倒或者画名不彰"被侮辱与被损害的人"的形象。只因艺术让他大多数时候显得喜气洋洋的。一派无忧无愁的"少年范儿"，他对待生活和艺术的态度和劲头由此可窥得一斑。

上面是我以前策划他画展时的一次随手记录，也是对他绘画和生活关系的一种认知，已经收入中国艺术学会为他新出的一个册页的访谈之中了。我确信：让他在庸常生活中熠熠生辉的是生活和艺术中坚定的部分，也将历久而弥新。因为，他在哪里，哪里就是一个活动的艺术现场。

诗余录

诗人车前子

诗人车前子,还有画家车前子,他们是同一个人。我这里先说的是诗人车前子,画家车前子留待以后说。

其实不知道从什么时候开始,我们见面就喊他老车了。不是因为他比我们年长,比他年长的多了去了,但大人孩子在他三十岁左右的时候就都这么叫上了。也有叫他车老师的,还有更怪的,有外地来的为了显得熟悉或者亲热,把车去了直接叫前子,听上去怪怪的让人直想笑。但如果老车笑纳了,这么称呼,其实也无妨。

老车的本名叫顾盼。

我和老车认识是1981年左右吧。和当时南京的《青春》杂志有关,我们一群人都是这本杂志的外围作者。通过《青春》杂志热心的编辑吴野先生介绍,我们开始通信。他不只是写诗,也同时写小说、散文什么的,好像也画画。刚刚通信不久,记得他说他在用写诗的笔法写关于画家凡·高的一个小说。后来,他发表在《青春》上的这篇小说，用的应当就是顾盼这个本名。

1982年夏天，我在南京一家医院做视网膜修补手术，他写信来，还说起凡·高画作中太阳的主题，其中有一个句子是"太阳，你眼睛里的一滴黄金"，我极其受用。信末他说，手术出院后，你不妨来苏州我们家小住一阵子。这就有了随后的这年秋天，到他在苏州通关坊七号的老家住了一周左右的时间。通关坊七号现在已经消失了，那是古城里一幢老式的带木楼梯的房子，我们就住二楼的厢房，二楼过道里面种着一盆盆花，挂在屋檐上的鸟笼子里养有翠鸟。老车一家是地道的苏州人，他们彼此之间用苏州话聊天时我基本听不懂，有时饭后会听到隔壁的邻居来叫老车妈妈去玩会儿牌。

老车当时在一家花木公司上班，平时他将双拐往车身上一别，可以熟练地跨上自行车上下班。我们（还有另外一位朋友杜国刚从南京陪我一路到苏州）到的当天，他请了假领着我们串街过巷，一一拜访他的朋友。于是，我见到了在十全街上开画店的画家刘定国等一批画家，住在剪金桥巷、家里藏有大量外国文艺书籍、谈吐不凡的祝效平，喜欢写诗和译诗的冯军等人。也见到了同样是拄着双拐的诗人叶球。我当时暗想，苏州腿脚不好拄拐杖的人成为诗人的比例好高，这拐杖似乎也成了苏州诗人的独门暗器，以至有段时间，我在苏州街头上看到拄拐的人都会情不自禁要行一下注目礼。在沧浪亭，我们相约一同做过几首同题诗，老车出口成章，联想之诡异、跳跃与奇特让我大开眼界，更是令我自叹不如。记得其中就有"三原色"组诗中的一首。尽兴玩完一天后，我们仨总是一路高歌，回通关坊他的家。"接龙"唱歌的时候我说，有一首歌的歌词不太着调，唱着的时候有点儿怪，老车顺口就说这是徐志摩写的词呀，我认为他懵我呢。这是当时从港台传入内地的一首流行歌曲。

诗余录

若干年后,我读到徐志摩的一本诗选,还真如他所说。

记得老车还怂恿我去见一位素未谋面的通信笔友,是比我小两岁的一个初三女学生,他们俩陪着我晚饭后摸到孔付司巷苏州大学宿舍区"涌"入人家客厅时,着实让这女生全家都很意外和戒备,我只顾着紧张地吃完了人家拿上桌子招待我们的一盘糖果。待了十分钟左右就接不上话茬了,我们一行匆忙间只得落荒而逃。这次见面,反而让我和这位笔友从此断了联络。赶巧的是,几年后,这位女生考入了南京大学中文系,居然和我做起了同学,毕业后一起回到苏州又做起了夫妻。这位女生后来笑话我说,就记得我那抖豁豁的手去不停地剥糖吃。老车后来一直大言不惭地说,他可是我的大媒人。

之后在南京我和老车又碰上了。我在南京大学中文系读书大约一两年后,他恰好进来读作家班,有部分选修课应当是一起上的。他介绍我认识了他们作家班的几个同学。我去他们的宿舍串过几次门,见到了形形色色的怪人。可能是因为作家班的人来自天南海北,年龄上也比本科生大一些,社会交往多。晚饭后的聊天一般都要持续到凌晨才散,酒和烟是少不了的知己。而老车往往是谈兴最浓的那一个。他习惯扔了双拐,盘腿席地而坐,天文地理、文学艺术、政经八卦、算命卜卦、男人女人都是我们的话题。老车可以同时混合着喝酒,白的、红的、黄的、啤酒皆可。我也带他到我们宿舍来玩过,把我的那群也喜欢写作的同学介绍跟他相识。

印象最深的是作家班上几个少数民族诗人和作家。我跟着他们去过一次南京鸡鸣寺附近的诗歌角。诗歌角当年是个比较热闹的场所。我看到一位新疆诗人夹持手卷的莫合烟,深沉地吸上一口,然后扬手朗诵一句:"老鹰啊,你飞翔——",眼睛瞪着那飘扬起来的一圈烟雾，仿佛那是羽化升仙的天梯。又一口烟喷涌出来之后的下一句是："大地上永远啊，也找不到你的尸骨"。同样是在诗人角，我还看到过一位痛苦万状，变腰曲背像呕吐一样的朗诵者的表演，如果他脚下放一顶帽子的话，我想，如果不是盛满了呕吐物，那么一定会盛满硬币或者鲜花。

1989年，我们这一批同学们都灰溜溜毕业了，大家作鸟兽散。巧的是，我居然是到了他的老家苏州工作。老车和他的那批朋友是最早敞开胸怀接纳我的。那个时候，老车在桃坞职校工作，离我在阊门饭店的工作地点很近。中午休息时间我会跑过去吹牛。他和陶文瑜在一个办公室对面坐，任务就是看函授的稿子，每人桌子前的玻璃台板上都放着一只大茶缸，一只大烟缸，一副侃大山的阵势。记得有回，老陶展示给我他刚手书了送给张学良将军和车前子的一首对联，上联是：父子军阀，夫妻囚徒，下联是：父子诗人，夫妻作家（老车父亲顾大均先生是苏州作协的一位资深作家、诗人，他当时的太太燕华君也是苏州的一位作家）。

老车住在苏州彩香新村，这是苏州最早的新村之一，也是他的婚房和新居。我下班后如果不想回宿舍，第一个想到的就是去老车那儿，要不就是去丁向东的宿舍看他画画（他从南艺版画系毕业后也来到了苏州）。我去老车那儿并不预约，有时会遇到铁将军把门，吃闭门羹；有时会碰上他妹夫、诗人周亚平也在；有时他领上我去他的画家朋友王绪斌、刘越、夏伟、徐思方几个人的画室或者家里去玩。那时刘越从武警转业分配在石路电影院放电影，我们有时去他的放映室看免费电影。后来我在齐门下塘的单身宿舍，也成了这帮哥儿们的据点。

老车厨艺不错，去老车家，我时常会吃到他自创的菜。有时他不想烧饭,就做西式菜,有一道菜是土豆、西红柿加牛奶加盐又加糖,很古怪的味道;喝他自酿的酒,杨梅酒或者桑葚酒,有时会加点儿别的什么材料,他要我猜酒里面都有什么,我实在不敢猜下去。因为,我曾在一户老苏州的人家,看到泡在透明玻璃酒缸里面的活蛇、牛马鞭和虫子之类的东西。后来,他家装了电话,有电话他儿子马蹄会先抢了接,我才"喂"一出口,就听他喊:"老爸,是小海叔叔。"

在老车家,我和这帮哥儿们还遇到一个刑满释放的骗子。一天,老车电话我,说来了我也熟悉的一位外地诗人,晚上约在他家吃饭。下班过去后,一推门,看到一个瘦小的青年蜷缩在他家客厅沙发里,老车介绍说这是四川来的宋玮,你们在成都见过面。我顺口就说那是见过的见过的。我问:你是哥哥还是弟弟。他说是弟弟。我想这就对了。我和韩东、贺奕1986年夏天结伴去成都见过面的就是诗人两宋兄弟中的弟弟。这两位诗人是亲兄弟,写文化史诗的,总是共同署名。江湖人称两宋兄弟。此刻,坐在我对面的人身形和说话的语气都像我见过的两兄弟中的弟弟。在座的朋友们听我这么一说,先前的拘谨和稍许的紧张一扫而空,放心地开怀畅饮,把酒言欢。我问起那年四川之行曾经见过的诸位诗人朋友,如万夏、杨黎、石光华、马松等人近况,"诗人宋玮"都对答如流,不时深情回忆起他们的兄弟情谊和"革命历程",以及谁的最新遭遇如何,不时引到诗人的失恋与失意,他说起一位和他过命的诗人兄弟现在处境最惨,同是天涯沦落人的万千感慨,让同座的朋友们多喝了好几杯酒。我因为第二天一早要上班,11点就提前告退了。

不料,第二天,我还没下班就接到其中一个哥儿们的电话,说我把他们都"坑"了。客人居然是个刑满释放后到处骗吃骗喝骗钱骗色的骗子。此人一路南下，从南京无锡骗到湖州杭州，一路顺畅。后来因为重复向诗人朋友们骗钱才被识破。他居然在苏州栽了，真是弄巧成拙了。

他们一致认为，我昨晚的表现有点儿反常，怎么那么早就开溜了，莫非是认出了假货，有意看我们的笑话。我说我也拿不准他是不是宋玮啊，根本就没有怀疑的理由嘛。一来你们先告诉我来了一位诗友叫宋玮，多年前在成都我也只见过此人一面，也没聊上几句，并没有深入的交流。二来我是个高度近视，认人从来就不是我的强项。我追问你们是怎么识别的呢？他们讲夜深后发现这个小子不地道，只会大段大段背诵古人的诗词和我们这些当代诗人的奇闻八卦，并没有诗人的见识与气质（我心里嘀咕，见识算少吗？啥气质？），总是重复他的遭遇悲惨，前后矛盾，归结到一个要害就是要求我们援助。还有细节上的破绽，比如上厕所小便时，还要双脚蹲在马桶盖子上？等等。在派出所里，警察检查他随身的包，发现了他在西北监狱的刑满释放证和全国各地诗人的联络地址和电话，还有他在狱中完成学业的中文函授毕业证。这些诗坛上的八卦故事，原来都是他前脚刚刚听来的，就立即贩卖到了下一个城市的下一家客厅。

假冒诗人的事情，我和韩东、于小韦八十年代在南京也遇到过一回。那个骗子从上海来，自称江帆，我们请他吃过饭。后来他向于小韦借钱后就失踪了。

又有了一个骗子！这件事儿真的是太刺激了。我很想知道昨晚我走后的细节，于是一下班我立马杀奔老车家，可惜，又是铁将军把门。左等右等，一个人影子也没等到。我灵机一动，找了张小纸片，故意歪歪扭扭地写上一行字：我又回来了！贴在他家门锁上，乐滋滋回家了。

可能就是遇骗子之后不久，老车开始集中时间写散文了。有次在电话里，他说自己在写苏州园林，"我在散文里面设置了一道虚的圆洞门——"真的是别出心裁。后来，作家出版社一位慧眼识才的北大中文系才女为他出版了《明月前身》系列散文集，还成就了另一段人生佳话。老车于是有许多时间就长居北京了，而且涌泉般冒出了大批情诗。老陶开玩笑说：天地一老车，南北两个家。他是早就轧出苗头来了：老车不仅是苏州的，也是北京的，更是全国人民的。

最近有个网络读诗在线分享，由诗人们自己来朗诵自己的诗作。老车最近也和诗人李德武在苏州打造了一个元气空间读诗活动，也是由诗人们自己朗诵自己的作品。说到朗诵，青年的时候，我写出了诗会主动读给诗友听，因为如果让他们看会不放心，生怕他们敷衍、马虎，看得不真切、不投入，漏掉了我的精彩诗句，由自己读有强迫他们听的意思，而不是因为我爱好朗诵。我没有潜心钻研过朗诵，我喜欢平常语调和说话的口气，就像老朋友交流时读给他们听一样，但如果对着大庭广众，效果并不好。所以我常常推说自己的诗不适合朗诵，以此来搪塞和逃避朗诵。

可老车的一次诗歌朗诵，给我留下了极深的印象。

十年前，我和老车结伴去常州参加一个诗会。老车在大家讨论诗歌的会上提出要朗诵他的诗歌，并郑重地向在座的女诗人们要来一包包纸巾。就在大家猜想他的朗诵一定是煽情的悲剧，因为他自己都做足了准备。我还在想，一会儿那些女士们泪水滂沱时该怎么办时？只见诗人开始朗诵，每读一句，抽出一张纸巾放进嘴里，像一个饥不择食的人，再读再塞，朗诵的声音从高亢、清晰开始变得嘶哑、微弱，一包包纸巾到了他的嘴巴里，直到塞不进一片纸头了，声音从游丝般微弱而至完全听不到了，嘴巴鼓胀，脸因挣扎而痛苦得窒息，一派绯红，像刑场上最后时刻被反动派割喉的职业革命家。

——这次类似行为艺术表演的朗诵，赢得了满堂彩。

要说的例子太多。

可能因为太熟悉，反而只捡到芝麻，却丢了西瓜。

反正，老车是我见过的最多才多艺，也是最有天分的艺术家。当然，也是最勤奋和博识多闻的艺术家。他身上敏感的艺术气质和仙风道骨也许和苏州这座城市的水土有关，也许和给他带来终身残疾、从小的一场疾病有关，似乎是与生俱来的、天然的。甚至他的生活就是艺术与艺术的传奇（假如允许我这么说）。

如果有人愿意24小时跟拍老车的话，我想，那会是多么杰出的一部艺术纪录片。

诗余录

文瑜的"文人字"

文瑜要举办书法展了。年初他和车前子在木渎联合举办过一次书画展。这次移师到了市区的蓝波咖啡馆(艺术沙龙),是个展,而且开宗明义就叫"文人字"。

记得二十世纪八十年代末,我刚从外地大学毕业来到苏州,这座古城里差不多只有老车、文瑜这样不多的几个朋友。当时他俩又同在桃坞职校当差,记得第一次跑去他们单位时,老车桌子上正摊开一幅文瑜刚写好的对联,上联"父子军阀,夫妇囚徒",是送张学良的,下联"父子诗人,夫妇作家",是送老车的,车前子父亲也曾是一位诗人,妻子是作家。以后去,时常看到他俩写字玩。

我的朋友当中,不以书法谋生、写字有瘾的就数文瑜和老车了。老陶爱写字是很出名的。哪怕喝茶吃饭时,来了兴致,即便抓到一张餐巾纸,他也会比画起来。碰到店主或者朋友有笔墨在一边侍候,那是"骨头轻"了,不写到纸尽墨干不罢休,还要连声为自己叫好，煞是可爱。

　　文瑜字写得好又从不惜字，所以呀他人缘也好。告诉你，如果手上没他一两幅字，又吹牛说文瑜是他朋友的，肯定是假冒。要知道，他爱写字多半也是朋友们宠出来的，文人圈子里的朋友诸如苏童、范小天、叶兆言、毕飞宇、荆歌等等都爱文瑜的字，不少人文章中都提到了，让老陶很是得意。这个展览再一办，讨字的人多了，以后走朋访友，经常见他腋下夹着"文人字"是很正常的。

　　他是性情中人，"修养"不够，容易自满，经不起夸，很难"成熟"起来。举个听来的例子。一次，文瑜好不容易在苏州主场赢了外地文友一盘围棋，对方很沮丧，老陶嘴上在安慰人家："你下得还是不错的，我今天超水平发挥"，可心里面那个开心实在憋不住，只好跑到厕所把自己关在里面引颈一快，放声大笑，以展胸襟。所以手上有他字的朋友，也别太得意，到处给人看了炫耀，好好藏着。你想吧，一来他正当壮年，黄金岁月，笔力雄健，你手上有的全他的精品力作，不容闪失噢；二来他要是再赢几次棋，哪天兴致高涨，从此一门心思下棋，说不准就此封笔了呢。

　　有人说文瑜不下功夫临帖，这话里面的意思我懂。但他从不在意。他读帖但很少临帖（也是他自己宣称的，其实天知道）。他天生就是个喜欢写字的人，喜欢是唯一的理由。就像有人问到我为什么写诗，有时我说就是因为一张洁净的纸或者一支合手的笔一样。你不能说不临帖就是瞎写，就不能出手写字，就不能写出好字。读帖也是一种临帖，其实心中有帖更重要，读帖是心临，是下暗功夫。文瑜那样的脑袋，一壶茶、一本帖打发半天，若是无趣才不肯做呢。文人和书家志向不同，但文人和书家从来都是亲家不是仇家，许多"文人字"，比之书家，更加质朴天然，妙趣横生，见性

诗余录

见情，活色生香。

  我是所谓的新苏州人，因为至今还不会说苏州话。在来苏州这座文化名城之前，对她的了解只限于书本上。真正喜欢上这座城市是从文瑜、老车等众多朋友们身上，因为他们才是这座城市文化的承载人。经常看到比较文化优劣和谈论城市精神的话题和文章。其实，不管是传统文化还是城市精神，如果不作用于文化和精神的活的载体——当代人，不去比较这种文化和精神熏陶出来的人，再好的文化和精神也只能是过去时的，只能缅怀而不能成为我们真正的财富。苏州可是个有"文人字"传统的城市，现在文瑜身体力行倡导"文人字"，真的是一件好事。

紫金文库

史的传统与士的精神
——兼评简雄《浮世的晚风》①

大凡读书人，对明清易代这段历史都别有兴趣。因为改朝换代的峻烈，因为文化、因为忠烈观，等等，不一而足。钱穆先生在《国史大纲》中曾列举了明亡数因，尤以政治极端腐败；承平日久、武备废弛，又复轻敌；名将或诛或罢，既不顾惜，又无定策；盈廷纷议误事；汉奸外附；流寇内溃为主。钱穆先生感慨道："明清之际的转变，大部分是明代内部自身的政治问题，说不上民族的衰老。以明末人物言之，较唐宋之亡，倍有生色。以整个奋斗力言，亦为壮旺。"简雄著作《浮世的晚风》中所涉及的诸多江南士林才俊恰好是钱论的有力佐证。清代为"明太祖驱逐蒙古后三百年而满洲入主，为中国近代史上狭义的部族政权之再建"。钱穆这位江南

---

① 简雄《浮世的晚风——还原明清江南士林生活图景》，古吴轩出版社2015年1月版。

诗余录

乡贤大儒的解读可谓一针见血。

如何安顿自我？怎样安身立命？可能是同一个问题的两面，却是明清易代之时每个士大夫都要面临的大问题。这段历史从史学巨擘到历史爱好者，都有大量著述文字。方法决定学术研究的路向。从社会生活史出发也许会遭遇个人与时代的集体无意识瓜葛相连，而从文化史研究入手也会发现其中价值与知识尤为纠缠、难以厘清的独特性。好在简雄对两种研究进路的优长与风险已有文本觉知，杂糅上述两种研究意旨，对历史横断面进行切片式分析，突出特殊环境中的特殊人物。他将江南士林的放诞、疏狂、沉湎声色等时代奇观命名为"高墙里的'自由'盛宴"，甚为妥帖，也隐含了席散后"好一似食尽鸟投林，落了片白茫茫大地真干净"的大结局。同时，这本书无疑也是对余英时先生《士与中国文化》中专论明清社会之士商互动与儒学倾向之变这一章节的最好补充和注解。

明清易代给士子们带来的巨大创痛与心理嬗变怎么说都不为过。其实早在方孝孺发出"便十族奈我何"的赴难豪言后，其实士的精神进路已经没有了。士林"宁顺从以保吉，不违忤以受害也。"（唐刘知几《史通·直书》）历代所谓士大夫"道统"至雍正《御制朋党论》的出笼，无论名与实，"道统""治统"皆一统为皇帝一人的"乾纲独断"了。乾隆时期，屡次禁毁书籍，"文字狱"盛行，士林在议论朝政、独抒己见，甚至个人来往书函、诗文唱和中稍有疏失，便有杀身灭族之虞，而把时间和精力用在古代典籍的考证、整理上，寻章摘句，逃避现实，确属无奈。乾隆朝大力提倡经学的考据。乾嘉学派可谓顺理成章。

顾准曾说中国文化就是"官史文化"。宋周密《齐东野语》序言中说："国史凡几修，是否凡几易"，有多少可信度呢？虽然历朝历代统治者都将修史视作一大文化盛事,但不妨碍士子们私下的疑古情结。甚至董仲舒都是个疑古派,有"三代以下无圣人"之言。士子们自己编撰方志、野史、见闻录,甚至以为自己的考订、实录才可靠。宋有周密的《齐东野语》与庄绰的《鸡肋编》相埒。虽然清代知识精英们从戴震主张的六经明道的传统观念到章学诚的以文史见道,已有另一重见识,但作文害道、文辞害道正统观念依然猖獗。即便黄宗羲这一等一的人物,也对载道之外的私人诗文持付诸一炬的"严正"立场,却不妨碍他们自己也留下大量诗文。"经史子集",到了明清之际,可能在蔚为大观的"集"部中,还能透露出如简雄所言的"漫散而自由的气息"。"史统散而小说兴",冯梦龙们的另外一重"载道"梦想就是想用"三言二拍"来嵌入史统建构的大体系中。即便是作为性灵小品一代宗师的张岱,终其一生都有写史冲动。难怪乎福柯从这些支离破碎的历史文本中发现的大多是知识和权力的关系。而恰恰是种种的迫不得已,却在无意中成就了中国古典诗学从载道传统向文学本体论的转变。简雄从士子们的大量诗文中钩沉历史真相,解密他们的内心世界。个人的放浪形骸,对名姬的迷恋、赞美,高调宣布退守山林一隅和对身体的拥有权,对诗文中个人趣味的追求、维护,是仅存的一丝曲折的反叛与对抗。

可士子们有时又过于迷信自己想象与重构爱情的能力,甚至不免再次陷入对政治的意淫。这反映在他们强作多情的文字中。比如冒襄(冒辟疆)的《影梅庵忆语》。谢灵运早已说过"天下良辰,美景,赏心,乐事,四者难并"。《影梅庵忆语》开篇第一卷先抑后扬:"爱生于昵,昵则无所不饰。缘饰著爱,天下鲜有真可爱者矣。"甚至开销西施等四美人,引出其妾董小宛之"传其慧心隐行,闻者叹者，莫不谓文人义士难与争俦也。"其记情叙事，实可与后来之沈三白《浮生六记》相映成趣。最后，爱与死总是关联在一起，成全曲终的"凄美"。有好事者从吴梅村的《清凉山赞佛诗四首》中读出清世祖顺治之董鄂妃即是董小宛，忙煞了一帮索隐派。如果将上述演绎放在大的社会政治背景中考察，正应了乔伊斯借《尤利西斯》中主人公的话说出的对历史的见解："历史是我正努力从中醒来的一场噩梦"。

简雄不在高校的学术体制里，他的研究不用为稻粱谋，纯凭爱好与热情，这一点与我惺惺相惜。其取材大多虽属就近的二手资料，但从士的行为、诗文、心理入手，归集、爬梳和研判，确有独到的角度和眼力。这番"去蔽"或"剪裁"之目的，仅为求得"深澈猛烈的真实"。其实修昔底德早就认为，历史解释的最终关键在于人的本性。而我私下里以为，历史人物、事件之于真实，就像两条渐近线一样，在学者们焚膏继晷、兀兀穷年的探索中，向前延伸，可能永远不会相交，但却在不断接近历史真相的途中。说到真实性，再啰唆两句。在后现代学者那里，真实的历史无法复原，只有碎片，真相永远是主观的。真实性已是难以解决的一个认识论问题。无论克罗齐把历史解释为"自由的故事"和汤因比把历史周期看作类似高级的宗教的不断演替，历史学家们有关"终极历史学"的梦想已成乌托邦。连一个真实性的问题都无法解决，遑论历史逻辑与历史哲学了。

简雄为我们铺陈的那个时代已然端到了读者面前，就在我们生活的这片山水之间发生过的人与事，不小心也会像沙子从指间漏掉。酬唱、醇酒、曲水流觞掩饰不住的家国之殇、爱恨情仇、人格分裂。那些沉湎酒色的士子们，甚至误认风月场名姬为自己心灵的故乡，无非是又一次精神的流放与自我阉割。他们在现实生活中得不到的道统、功名与尊严，从名姬们身上更不可能求得。诚如简雄在导读中所引文徵明《拙政园梦隐楼》一诗的后两句"枕中已悟功名幻，壶中谁知日月长。回首帝京何处是？倚栏惟见暮山苍。"既点了题，又破了题。

诗余录

诗歌潜伏者壹周

和周亚平（壹周）是老朋友。我们最早碰头是在八十年代中后期的南京大学校园里。我和韩东、于坚等人在出《他们》，和李冯、贺奕等人在出《南园文学》时，他也正和车前子、黄梵、于奎潮等人在出《原样》和《诗歌语言实验小组》，几个诗歌社团有过交集。可以说《如果麦子死了》这本诗集中的部分诗作我也是见证人之一。后来我们先后都到苏州安家落户，虽然时有"常恨此身非我有"的慨叹，但也总有凑在一起"疑义相与析"讨论诗歌的好日子。

朋友的相识相知，时常是在一些岁月迷蒙的瞬间。

"我跟老陶说了，要赶在你看得见美食和朋友的时候抓紧吃饭。"（五年前我突患眼疾，他从医院抓我去大快朵颐）。

"请注意了，小海，我要归队写作了。"（十多年前他在电视台管新闻值夜班时说的）。

"关于形式主义者,《他们》和我们,是英雄所见略同。"(二十多年前我们在南京大学校园擦肩而过时说的)。

作为诗人应当就诗论诗。我认为亚平诗歌的几个主题词是语言实验、歌谣体、诗歌中的戏剧元素和荒诞性。

首先是语言实验。在二十世纪八十年代,相对于主题先行、崇高话语模式的所谓主流诗坛,亚平的诗反向的、逆行的,也是属于一代人中对诗歌语言革命觉悟最早的诗人之一。他的语言实验分两个阶段:一个是强行介入阶段。他对语言自身所指和能指效果的颠覆,对因循守旧的平庸写作的嘲弄和反叛,这对公众诗歌理解力构成挑战,而对诗人来说是一种美学探险和创造力的新生。这在《原样》和《诗歌语言实验小组》时期的作品中可以看到。一个是对词的解构阶段。词的解构是从词的组成汉字的单音节开始的,是对汉语某种密码的重新开启,让我们用第三只眼睛去看,第三只手去抒写,用心灵去感知和歌唱,将词的游戏成分和抒情力量发扬光大。他告诉我们,从字到词不是僵死固定的过程,而是另一种向度上的展开和唤醒,这个中介只能是由诗人来完成。如果说这其中有什么不足,就是这种语言实验风格有时可能失之干枯,但却是削繁就简,剔骨见肉的。

他的一部分诗是歌谣体的。他在接受口头文化的同时也在给予,与大家分享丰富民间歌谣的智慧,仿佛是歌声自己在寻找着诗的句子,韵律和节拍就在诗人写作的路途中等待,歌谣的韵律和诗句本身具备自我指涉的天然力量。也是对他早期诗歌中的理想主义的重拾。从中可以看出他诗歌来源的多样性。

诗歌中的戏剧元素。他诗歌中的戏剧性是从头到尾贯穿始终的。许多诗可以理解为是用短小的诗剧形式来支撑和完成的。戏剧性就是故事、冲突和张力的结合，就是我们日常生活展开形式的原型。有时他用音乐的语言探索汉字的美丽，即汉字本身独有的诗歌性，以及表音表意的丰富与变化。戏剧家有时是诗人故事马和米小（周亚平早年另外两个笔名）的另一重身份。

诗歌中的荒诞性。他善于解构重大主题和宏大叙事，通过对现实无意义一面的揭示和嘲弄，对惯常思维、逻辑的变形和有意曲解，冷漠地透视和揭示日常生活的荒诞性。将令人难以置信的，无法理喻的事件安置在最平淡无奇的日常生活背景中、把集体无意识、自我冲突和个人命运安置于虚幻与现实、奇异与平凡这两组对立的元素中并存，展现一幅幅神秘的、魔幻的、梦魇般的画面，呈现生活的平面化和人对自己命运的无能为力。其中有一些是令我们相视一笑的当年诗歌圈子中的一些俏皮的"切口"，对二十世纪八十年代先锋文学的亲历和对当代诗歌本质意义的不断追问、体悟，决定了他作为一个诗人的精神趣味的基调。

亚平在苏州工作、生活了二十年，一直是作为诗歌的潜伏者而存在着，"存在与意识"一直作为西方哲学范畴的重要命题而被考量着。他的新闻人与电影人的身份，他的到来与离开，对这座城市，也许有着双重的抒写意义。因为他和这座城市有太多的不解之缘。

可喜的是：春鸟衔残，湖山依旧；岁月流逝，诗人归来。

私人记忆和童年视角的混响
——王啸峰著《苏州烟雨》① 序言

"私人记忆"

关于姑苏烟水，关于古城街巷，关于吴地人物，古往今来，在方志野史、诗词歌赋、丹青书画等方方面面都已经有了许多的描摹和记载，所有这些汇集在一起，构成了我们关于苏州的公共记忆。这些公共记忆近些年来更是演绎、提炼成了文化符号，甚至是简化为人文地理方面的旅游导航，她的"有用性"毋庸置疑，有点儿约定俗成的味道了。有时，外地的朋友们来苏州，我总是劝他们不用导游自助游览，时间来得及的话自己先住下来慢慢走走看看，最好再交上一两个当地朋友，这样才会得到一个自己的而不是导游手册

---

① 王啸峰《苏州烟雨》，文汇出版社 2010 年 10 月版。

诗余录

上千篇一律的苏州。

　　王啸峰的散文是可以归于苏州烟雨、吴地风情私人记忆一类的。私人记忆是相对于公共记忆而言的。因为公共记忆总是以符号性记忆为标志，打上了简单化的观念烙印。而私人记忆就不是文配画式的，可以覆盖掉公共记忆。对公共记忆最好的解构方式就是像王啸峰这样，进入个人的时光隧道，让它"慢"下来，因为"时间是有形的，他的形象对于个人来说，就是生命历程。"（王啸峰《关于时间》），从自我中驳离出一个陌生的他者，在漫游中一些元素才能像在尘封的旧日记中找得了一样，还原出来，一些瞬间的光影和气息，通过眼耳鼻舌重新体验到了——，这种"慢"，对应今天的"快"和变化有时是无奈的或者无能为力的，但这种慢的能量是缓释的，迷人的，需要动用想象和心灵才能感应到的。他笔下的老街、雨巷、老宅的秘密、庭院的枇杷树，洪老老、长妹、三婶婶等等都恍若隔世，那种强烈的画面感，是可以折叠和展开的，像黑白胶片在缓缓回放，由他出彩的笔描摹得如此逼真，像安东尼奥尼纪录片《中国》中平凡、素朴而撼人的画面。"现在的小费安安静静地守着这家店"（王啸峰《书生书店》）"我静静拐过街角，往药房里瞟了一眼，心里怀念那个弯腰打酱油的、神情严肃的、长瓜子脸的长妹。"（王啸峰《长妹》）——都是些静静地守望岁月的人。慢下来，仿佛过往的时间就又找到了我们，相对于山和海的庄重、沉默，一条老街巷、一棵枇杷树，又算得了什么，在他笔下，街巷里面那些开始外出觅食的鸟儿们活泼的影子有了神态，仿佛在期待一个重大发现。童年压身的梦魇在晨光中，在挺身而出的树枝中，在爆竹般的鸟鸣中"噼噼啪啪"死去，他用最平凡的街巷、院落和花木鱼虫，定义了"我的苏州",就像作者自家早晨那棵枇杷树上的一声鸟鸣之后,人间才已然打开。

王啸峰的散文是可以保留古老生活的密钥,呈现了真实的生存状态,使我们能够分享了记忆、梦想、经验,它更加有血有肉,甚至也更加清晰和"正确"。如果我们的古老城市没有这样的一把把"密钥"——艺术和创造,我们的城市就没有未来和希望。

文学中的私人记忆弥足珍贵,是因为它不同的多样性和神秘性让我们凝聚在一起,与此同时,又让我们找到故园、亲人,让我们彼此可以辨识。

"童年视角"

在我看来,童年总像是那么一团雾或者雾障,含有超真实的气氛,饱含了对事物理解上的诡异性,以及伤感和甜蜜交织的原型意义。

刚刚读到王啸峰散文的时候,我有一种担心:那个枇杷树下的青涩少年郎,能从老街巷的浓重阴影中走出来吗?后来,又陆陆续续读了他不少的散文,我发现他并没有被关于苏州的公共记忆梦魇压身般喘不过气来,他是从平等的对话关系中去努力追寻现实和虚幻世界的对接点,化解的利器就是"童年视角"。

在私人心灵藏书室中,至少有两本和少年成长有关的书是我钟爱的:赛林格《麦田守望者》和马克·吐温《哈克贝利·费恩历险记》。这不仅仅和作家童年时代的田园牧歌和诗意馈赠之类有关,但让我着迷的原因倒是作家的"微言大义",其中透露出的关涉价值观铸造和人生起步时的"真理性"追求以及字里行间又要竭力掩饰的"宏大主旨",是具备成年礼意义的。你看《麦田守望者》主角的梦想——成为一个麦田的守望者,自己站在崖边,守望一群小孩,防止他们掉下去。在你"悦读"享受的同时,又传达出"救救孩子"般的大声疾呼和犀利的批判精神。

王啸峰散文,仿佛一个有着赤子之心的孩子在回溯和漫游,既有自足恋旧,美梦重温的诗意营造;又有人性扭曲,人心不古的泪水与笑声;更有管窥人世时掺杂的质疑、迷惑、宽容和人性关怀。他在让我们认识一个少年的稚拙、单纯、焦躁、不安、迷茫、激情、渴望、浮躁中,也为我们重塑了过往生活的多面性和多重性,其亦真亦幻的直觉感受又宛若神助,一个少年心灵成长过程中的神秘性与古城传统世俗生活的确定性的邂逅、遭遇和碰撞,其中的轻与重,静与动,黑与白,乃至消解与重构,往往又超越了个人的体验。他不局限于视角、人称、时态的生动叙述,让我们真切感知了过往的岁月,仿佛古老的生活与现实的生存是平行的,同时也是有呼吸、带着体温的,和我们当下的现实生活依然存在或隐或现的对应关系,让我们心旌摇动。我们依然可以和那些老宅院中古老的祖先们对话,好像我们曾经活在他们中间一样。他们身上的疾病,我们今天依然生着,他们身上的勇气依然在我们身上保留着。

当然,你也可以要求作者在以上优势之外再增强一些文本意识和笔法的层次感,但我始终认为,在技术层面需要解决的都是小问题,对一个有追求并处于"进行"中的作家来说,在今后的写作中是可以自动解决的,就像一个人的成熟与所谓的人情世故的历练并无本质关系,而只会与其价值观取向有关。

最后,我要说的是,王啸峰成功地穿越了童年的那么一团迷雾,从千年古城走了出来,并向我们清晰地传达出一个守望者的心声。

是为序。

(2010年6月18日)

诗余录

三生花草梦苏州
——《吴门梦忆》[①] 读札

《吴门梦忆》是作者王啸峰一个人的"话本苏州",甚至是一个人的"城市神话"。个人的记忆和个人的历史作为酵母在创作中到底发挥了怎样的作用?熟悉欧美文学的读者知道,每年的6月16日爱尔兰有个布罗姆日。布罗姆是乔伊斯的长篇小说《尤利西斯》中的男主人公,小说中记载了都柏林小市民、广告推销员利奥波德·布罗姆在1904年6月16日这一天中走过的都柏林。而我们读到的《吴门梦忆》,则是作者压缩了他的整个少年时代在苏州走街串巷的种种日常经历,用亦真亦幻的笔法,串联起了古城、园林、老宅、市井乃至整个的大时代。

读啸峰的文章,让我更深地意识到一个打小就生活在这个城市里的人,和像我这样在外乡生活多年、大学毕业后再到这个城市里

---

① 《吴门梦忆》,文汇出版社2014年2月版。

面来的人真是有很大的不同。这个城市有他出生时的祖屋，有疼爱他的长辈们，有与自己有共同的记忆、一起穿街过巷、冲冲杀杀的"小伙伴们"，加上他成年后的工作性质决定了要深入到这个城市不同的角落、不同的单元，和千家万户打交道，所以，这个城市像是一座"宝库"，全城的居民都像是他熟悉的邻居——有点像乔伊斯之于都柏林。记得在跟一位美国教授的对话中我们聊到：假如有一天都柏林被毁、消失了，通过乔伊斯的《尤利西斯》这本小说，可以重建、复原1904年6月16日这一天的爱尔兰都城和生活在其中的市民的精神情况，甚至包括重塑这个民族的精神世界。同样，有人告诉我——这是位很早就离开了古城的"老苏州"——在异乡，读啸峰的文字，仿佛昔日重来，返回了时光隧道，复原和唤醒了记忆中的姑苏市井风情与生活百态。

这就是艺术的神奇之处。

当笔者作为外乡人进入这座城市时，首先想到的就是结交朋友，克服孤独感。有了自己的朋友圈子，尤其是这个小圈子不再仅仅局限于自己这样的外来户时，才算逐渐开始了解这个城市，安下心来过日子。在这座城市里，没有像啸峰这样的一些"原住民"朋友，恐怕真的是很难说这也是"你的"城市。一个城市的好山好水与人文景观不和活生生的人发生关联，终究只是一本"画册"。而即便是再遥远的地方，有了关于人的美好记忆，就不再是一册册冰凉的地图集。

说起苏州，总是想起这座城市里的朋友们。

认识啸峰有十五六年了吧，最早是工作上的联系，后来成为常常问候的朋友，再后来是文友加跑友。其实，文友是最早的，业余时间我们都写写弄弄，只是体裁不同，我是诗，他散文。我俩住

诗余录

得近——隔壁小区的邻居。工作单位离得也不远,一条马路上,来来去去好方便。得空就约了一起散步或者长跑。有一阵子,居然都对宇宙、时空、生死等"宏大话题"来了讨论的兴致,像两个中学生,尽搬出些活人死人的理论甚至奇谈怪论,反正对自己有利的就行;更多的话题是哪儿的面条好吃,哪家店铺和街巷一起消失了,或者村上春树的某次马拉松成绩如何。有时候一小时的散步结束,一个"议题"还没出"结果",就再去"刷"一圈街。还没扯完呢,就在小区传达室门前空地上接着侃。记得那年冬天气温降得厉害,传达室看门人看着两个清鼻涕挂着的人,在露天聊得直打哆嗦,特意招呼我俩进屋"烤火"。

对我俩来说,文学确实像寒冬里一只温暖的"火盆"。

啸峰的散文中都有自己的影子,一个向青春期过渡的孩子和他眼里的古城。而从他小小视域里所折射出的大时代,却有点儿神秘,有点儿忧伤,有点儿迷茫。可是,那个老旧的古城反过来还原给我们的却是一个真切的新世界,尤其是在当下一切唯新是从的时候,一些旧记忆把我们生生拽回来,让我们疼痛,让我们懊悔,也让我们珍惜。

龚自珍曾在《己亥杂诗》有云:"三生花草梦苏州"。我想,《吴门梦忆》也会引领你梦游古城、江南——好了,冰封的记忆开始解冻,记忆不仅看着我,也会看着你。

紫金文库

王啸峰和他的苏州

我和王啸峰是很多年的老朋友了,他的第一部散文集《苏州烟雨》,我在他书的前面写了一段文字,不能算作序,只是读他散文的读后感,或者说心得。我说到,读他的散文有两点体会:一是啸峰的散文是一种对苏州的"私人记忆";二是他这本书采用了一种"童年视角"。五年后,他的第二本散文集《吴门梦忆》出版了,又有新变化和新收获。他是写苏州的一个有独特个性的散文家。

他作品的主题主要是关于苏州、苏式生活、苏州文化的。我的感受是,啸峰的散文风格除了有与苏州这个城市对应的温润、淡雅、精致外,还特别的灵动、飘逸。我们对苏州博大精深文化的理解,在过去,更多的是当作一种相对有规定性的文明在接受。而啸峰的散文呢,是在一种文化的概念里面。文化和文明是两个大的不同的概念。请允许我打一个不恰当的比方,文明它是经过很多年的沉淀、聚集而成的一种相对固化的东西;用一个诗意的语言来比喻的话，它是一个河床一样的东西。那么文化是什么呢？文化是河流、河水，它是活泛的，文化能激荡河床甚至产生新的河床，引领一个新的方向。这是我理解的从苏州的文明衍生到啸峰的散文的这样一种关系。

我不久前参加了啸峰在书店的一个对谈活动，讲他散文和苏式生活的关系。我是一个诗人，我们知道，诗是有形式规范的，比如，你至少得学会分行吧。而散文呢，看上去随心所欲。但其实，越家常的、人人熟知的生活，要表现出来，往往又是很难的。因为每个人都是这种生活经验的"专家"，而且是独特的"这一个"。而他的散文中有着最放松、自由的状态，把心性反映出来了，这是一方面。另外一方面，他散文中还有一种坚韧的东西。举个生活化的例子佐证。他是书生，也是长跑爱好者，是我们跑步小组推举的"领队"。几年前，他在苏州生活期间，经常一大早，盛夏有时候是4点半，就开着私家车，来接我们，电话通知我们每个人起床跑步。这是旷日持久的活动，每次集合跑步都在10公里以上，甚至20公里这样一种训练。有时我觉得坚持不下来了，他说服我："不行，你得去！"这种日常生活中的责任意识，这种坚韧，有时候也反映在他的散文当中。啸峰的散文中有一种坚韧的精神性，是有筋骨、有灵魂的。

在创作中几乎可以说，没有不经过想象的记忆，或者说没有不经过记忆的想象。受传统观念影响，我们对散文的印象有时是偏保守的。散文的涵盖面其实十分宽泛，它是常常要侵占小说与诗歌的领地的。小说亦然。南方的小说家们，像苏州出身的范小青、苏童，比他们年长一辈的陆文夫、汪曾祺，甚至沈从文、张爱玲，他们的小说都有散文的独特韵味和气质。如果你再拿苏州去比较北京、上海，那么苏州、苏式生活，完全是散文式的。这儿，生活这个概念不再是高高在上的了。今天，我们和生活本身应当是可以平等相处的一种关系。这是散文化的一种生活伦理使然。我们读啸峰的散文，能感受到他是用平视、平等的视角对待生活。这个视野使得他的散文融合了真实、想象、虚构，杂糅在一起。

关于散文创作中的真实性问题，我认为真实与否不是判定散文的标准，更不是判定小说的标准。在说到苏州人冯梦龙时，会想到"史统散而小说兴"这句话，对史统真实性的迷信祛除之后，文学的空间自然就拓宽了。当然，这里的小说可归在笔记小说名下，也可看作是散文。在后现代的一批西方学者眼里，甚至真实都不是判定历史叙述的标准了。我们在读到苏州人冯梦龙等的《三言二拍》甚至孔夫子的《论语》、太史公的《史记》的时候，都可以把它当成一种散文来读。散文的创作空间是最大的。而好的散文作家总是在不断扩张散文的传统领地。

关于自我在啸峰的散文里所处的位置，啸峰曾讲到他人生的经历、磨砺、苦难对他创作的影响。今天，当我们在阅读历史著作的时候，常常也可以当成文学作品来读。其中的人和事之所以打动我们，比如《史记》，其实也因了作者的价值观。他写的时候必然会按照自己文化、政治和个人的立场来写，这是包含在文章当中的。立场就是自我的呈现。还有"春秋笔法"这个说法，讲的也是作者立场，孔子对于历史人物、事件的褒贬、评价就寄寓在史书修撰当中。

苏式生活带给我对这个城市及其文化的认识是宝贵的。我还有一个发现，就是外来者对苏州、苏式生活都比较满意，而真正的苏州人却总有或多或少的不满。苏州人对苏式生活的不满意我能够理解，因为康德所谓的实践理性使然。他们对苏州有更高的期待，对真正的苏式生活有一种近乎乌托邦式的理解和期许。这不是不满，而是一种更深的热爱。而苏州与苏式生活和文化我是可以通过像啸峰、文瑜、老车等一个个鲜活的作家朋友来感受到。人是文化滋养出来的，人是体现这种文化最好的活的载体。所以，读啸峰的书与他的人是统一的，通过他的书、他这个人来感受苏式生活，对我这个外来者无疑提供了便利，走了一条捷径。

我还想从这样一个角度来阐述和分享真实和虚构在文学创作里的关系。也许将来的人们对于苏州的了解，可能不是从真实的记忆里来，而是从《苏州烟雨》和《吴门梦忆》这两本书当中来。

（本文根据 2015 年 5 月 2 日作者在苏州初见书房文学与曾一果、何平、王啸峰对谈活动上的谈话整理）

异乡故乡，心灵的两极
——评王啸峰散文集《异乡故乡》①

在王啸峰新出版的散文集《异乡故乡》中，异乡与故乡，成为他心灵的两极。当故乡从近景变成远方，也就此产生了距离与诗性，真实与虚幻。由此，《异乡故乡》成了他对异乡、故乡这两个主题进行交织的复式咏叹或者变奏的舞台。多少久居异乡的人们，最初都是将故乡作为了他乡的一个重要参照系。四季的山水、风俗的异同、人情的冷暖，等等，因了故乡，在外漂泊再远，人生似乎也不会是"不系之舟"。有了文字为媒，故乡也可以是随身"携带"的了。借用清人张惠言的词"飘然去，吾与汝，泛云槎"（《水调歌头·春日赋示杨生子掞》），"家山何处？为春工、容易到天涯。但牵得春来，何曾系住？依旧春归。"（《木兰花慢·游丝同舍弟翰风作》）而作者给我们呈现了诗人在苏州、南京两地生活时期，对于

---

① 王啸峰《异乡故乡》，文汇出版社 2016 年 4 月版。

故土风物及远方亲友的惦念，也抒发了对当下生活的感触及其情感困顿，其感慨之丰沛，情思之缱绻，想象之奇诡，遣怀之妥帖，借用清人张惠言的这几句词意，我以为是恰当的。

　　人们常常说心安处即是家。许多年轻的一代，在千篇一律的城市出生，没有自然乡村，没有四世同堂，没有日出而作日落而息的农耕生活记忆，城市化中的乡愁真的是纸上的乡愁。而对群居城市的一众孤独灵魂而言，即便是五六十年代出生的这批人，也常常感叹无家可"还"，因为故乡不再是想象中的当年的生活场域了。新一代人或者说城市移民们已经向中国式的乡村，无论在地理上还是情感上的，都做了最后的诀别。城市化是追着现代化而来的。法国诗人波德莱尔1863年在《费加罗报》发表的《现代生活画家》的文章中就说："现代性就是过渡、短暂、偶然，就是艺术的一半，另一半是永恒和不变。"在现代化语境中，我们几乎都是异乡人，有乡愁吗？人们常常是应了《红楼梦》中甄士隐对《好了歌》的一段"注解"——反认他乡是故乡。可我私下认为，"永恒和不变"的东西才是一个类似心灵故乡的稳定的东西，这也是心安的意义所在。

　　留住故乡的是记忆。苏童在序言中说："记忆当然可以喻为泡沫，我们好多的故事，其实是被收集整理过的记忆泡沫，这些泡沫一旦经文字固化，或者成为絮状的乡愁，或者成为坚硬的骨头，成为我们身体的一部分。啸峰讲述的苏州故事，也如此。"其实，记忆就是一粒人生的种子，在他乡、在文字里开花结果了。作者在《弄堂里的祖母》《梧桐树》《二姐》《家园》等篇什中，念想亲朋故人，感时伤物，发乎为文。记忆是沉默的，它不会主动开口、自行言说，只能借助文字"赋形"。难怪这样的文字能唤醒同是苏州人苏童的记忆，勾起认同感，"我能辨别那是苏州屋檐下的故事，多少有些潮气。这潮气，亦让我亲切。当然，钮家巷里的人与事，除了与苏州相关，最终还是中国人的人生与时代，他的祖母祖父外公外婆，说到底，还是我们这一代中国人大家的老人长辈。我读啸峰的散文，读起来大多亲切有加。"

因为真实、因为共同的记忆，王啸峰："说到真实与虚构，其实我也一直迷失在其中，更多的时候，我也分不清哪些是真实哪些是虚构，也许实中有虚、虚中有实吧。"记忆关乎人对世界的认知和情感，没有不经过想象与主观意识编织过的记忆，这是很神奇的。记忆也犹如"千江有水千江月"，月亮的本体虽只有一个，却千姿百态，因千江之水的呈现辉映。同样的人或事物，每个独立的个体关于它的全部记忆，比如体积、色泽、温度、速率、连续性等诸多观感印象，差异是那么的显明。记忆是个人历史的一部分。记忆是一个与我们生命同在的共同体。萨特说过一句极端的话：我们都是历史的人质。其实换个说法也许也成立：我们都是生活的人质。芸芸众生，有多少人能说自己是质押在历史里的呢？！而在异乡生活的作者可以更好地审视生活，因为有了距离感，因为有了岁月的沉淀。不是有哲学家说未经审视的生活不值得过吗？话又说回来，如果是这样，九成以上的中国人没法活了，但我们还是要活着。没有诗和远方，还有散文般粗茶淡饭的俗世与生活，让我们流连忘返。其实，有一点我们要明白，每当我们针对记忆去追溯时，必然要联系当下，甚至为未来做出预判，记忆所针对的过去时光，不仅是为了留住"永恒与不变"，也是指向未来的。

大学毕业后，我来到了啸峰的家乡，他和一批苏州的朋友热情地接纳了我，可以直将异乡当故乡。后来，他去了我曾读大学的城市工作。可我从他怀乡的字里行间，仍可认出故人高山流水的雅意。"何曾系住？依旧春归。"变与不变，存乎一心。心安于一个书生来说，无非是书以及与书相关的人和事，这些都令我过目难忘。

最后，我想说的是，作者汪洋恣肆的旺盛创造力与不落窠臼、自我超越的勇气，以及对散文这一古老文体的最新感悟，都在这部新的散文集中表露无遗。

紫金文库

高山流水之知音书

《李德武诗文集》①出版了，上册为诗，下册为诗学论文。其独特之处在于，这两册诗文集由诗人、评论家李德武的"知音"们采用众筹的方式出版的。可以说，这是一本名副其实的"知音书"。

诗歌确实是有这样的神奇之处，它让许多的陌生人相识相知，找到亲人和朋友，找到共同的家园和精神的故乡。

我和德武也是经由诗歌而相识。

那是三十年前的事情：诗歌是一团冲天的篝火，我们是黑暗中的飞蛾。记得我们的诗歌曾发表在共同的报刊上。他住在南方以北，一个叫哈尔滨的城市，那里也有我不少的诗友。似乎是自然而然的事，我们也开始通信，交流起北方以南的诗歌了。还说了些什么？德武说，我和我太太、孩子向往苏州，想来苏州工作和定居。

---

① 《李德武诗文集》（上、下册），文汇出版社 2015 年 11 月版。

我说，多好的想法啊！须知，诗人都是精神上的游牧民族。

一个诗人关于北方的诗篇，这是诗集的前半部分。北方的东正教教堂、哈尔滨的雪景、铁轨、零点班车、乌鸦、大理石、哑剧和神曲的城市，他的古米廖夫、阿赫玛托娃、曼德尔施塔姆等阿克梅派诗人们，他的青春、爱情、精神漫游和白日梦，等等。我还知道，这位有情有义的北方汉子，曾经为英年早逝的诗友麦可整理和出版诗集。

一个诗人关于南方的诗篇，这是诗集的后半部分。这里有他的太湖、石湖、东西山、堂里村、清凉寺、午梦堂、寒山寺、平江路、留园、西园、大运河和植物之心。他向往的古城烟水、春雨杏花，历史与现实中的乌托邦，诗歌上兄弟姐妹，他的三生花草、佛经和心灵的安宁。

在苏州，他皈依了佛教，成为居士。如果他还在哈尔滨，我在想，他会不会皈依了东正教呢？这是个类似玩笑般不恭也无解的问题，好在诗人的精神世界是去蔽的、无碍的。对于总是向往天上事物的诗人来说，这也是个现实的设问。

在北方的诗篇中，他有对诗的机敏与沉醉，有对生活其间的现实的深度指涉和语言意象的不断实验；在南方的诗篇中，他的感受力越发细腻、锐利，他的语言变得更加自如、简洁、纯净、灵动，有参禅者的自在与平静：

> 我感觉到宁静的力量
> 正由心底升起
> 那种欢喜自在的力量
> 让我不再厌弃和焦虑

> 当下即永恒。虫鸣的短暂
> 雨滴的微光都令人赞叹
> 回头，我看到自己的背景
> 融进了泥
>
> ——《一种简单的生活》

我曾经问自己，如果我去了他的城市，是否也有能力写出南方以北的诗歌来，诗与思的转换是否也能如此自如？回答是迟疑的、不确定的。

他的评论文章虽然我还没来得及通读，但我以为是通透的，既有宏观的理论的架构，对诗歌潮流、现象的整体把握，又有具体的诗人论和微观的文本细读。他提出的一些理论问题如谁来宣布后现代主义的终结，曾经引发过争鸣。他的敏锐、机警和辩才无碍，在许多由他主持的诗歌讲座、研讨会上被我们领略。我本想多讲一点，但对一位评论家的理论文字说三道四，委实是一件不明智的事情。

他的人和诗文是一致的，不分裂的。他是一位有信仰的诗人，同时也是一位诗歌批评家，所以在他的诗文中既有感性的、澄澈的、见性见情的一面，又有客观审视生活与诗歌理性的一面。在此，我想说，他的为人和他的诗文一样，都是值得朋友和读者信赖的。

德武有一首诗叫作《我必须借助闪电呼吸》，他曾想用它命名自己的诗集。他自己这样阐述关于诗歌的经验：诗歌不是一种逻辑性的呈现，就像瞬间即逝的闪电或者一只燕子"唰"的一下飞过窗口,不可以用日常的经验、逻辑去推理和验证。其实,我想说的是,作为诗人,他是用语言在呼吸。佛说人的生命就在一呼一吸之间。语言是构成一个诗人的生命,也是生理生命之外的第二生命。维特根斯坦说:"我的语言的界限意味着我的世界的界限","想象一种语言就是想象一种生活方式"。而我们是否知道,一个诗人想象力的边界在哪里,语言的界限又在何方?

这些年,总是听人说,某某,或者某某某,你看在苏州过得好吧。言下之意,苏州文化多养人。在许多场合,我们喜欢强调文化的作用。不错,文化改造人,可是文化是哪儿来的呢?文化是人创造的啊,深厚的文化只是一条人的长廊而已。我想说,一种过去的文化光靠守摊子式的保护是守不住的,还要有返本开新的能力,还要有包容、融合异质文化和思想的能力,这样才可能拥有更光辉的明天与未来。一个区域、一座城邦泯灭掉的灿烂文明与文化不也曾多了去了吗?不要忘了,人才是文化的主体,人也是一种文化的鲜活标本。设身处地想一下,一处外地城市或者外国城市,没有朋友,几乎就等同于一座空城。好在我们有老车、老陶、绪斌、啸峰等等一批苏州哥儿们。

我在关于德武众筹的一个视频"寻找诗歌的知音"中曾说过以下一番话:"有人读了他的诗歌发现,诗人所要表达的意思正好被你品读出来了,也捕捉到了,那么,恭喜,你无疑堪称诗人的知音。而有的读者说,我和诗人的感受是不一样的,就是说诗人的言外之意、弦外之音,被你读出来了,那么,我想说,你已经参与了诗人的创造性劳动,你和诗人共同'创作'并完成了他的诗歌。无疑,你体验了一次精神之旅,也是一次有意味的美学历险"。

在这两册诗文集中,德武有送我的诗和对我的诗剧《大秦帝国》的评论。高山流水，古意长存。我也找出了2002年左右写给他一首诗，题目就是《送德武》，抄录如下，以资纪念：

  德武一家从哈尔滨来到了苏州
  他太太在美院教书
  他在太平洋保险公司做事
  女儿今年进了沧浪区实小
  我们一起吃饭的时候
  他说起哈尔滨的朋友和啤酒
  还有绥芬河、伊春和俄罗斯
  这时候他可爱的女儿
  就在我们背后的沙发上睡着了
  她的梦离我们很远
  因为和飞鸣、老车、小苏在一起
  我们的朋友又仿佛回到了家乡
  冬天，哈尔滨的阳光像金子一样
  闪耀在中央大街的每一处角落
  和心爱的姑娘手挽手走在一起
  是多么安心和幸福
  树林、房屋和东正教堂
  让人们放弃了所有的反抗和痛苦
  一个可能就是沙皇，年青俊朗
  另一个是他姐姐，光鲜漂亮
  我不能说他就是契诃夫或者果戈里
  或者干脆就是沙皇的侍卫

诗余录

而伏特加酒就站立在一个女孩子面前
现在告诉我
你想和她结婚了吗

（根据《李德武诗文集》新书发布分享会上的发言补充而成）

有意味的诗歌生成机制
——丁及和他的诗歌

  每一个诗人都有自己独特的语言生成机制，诗人和诗歌之间的对应关系也是很奇特的。好的诗人，我们常常觉得他的诗歌是没有来由的。如果我们仅仅读一首，也许是偶发，当集中阅读之后，我们发现那是一种创造的天性、缘分与智力的集中体现。

  前夜，听到
  你舌头的干草在一层层
  铺垫喜雀的巢

——丁及《花开的秘密》

  这是丁及诗歌中妙喻，"舌头的干草"对应和铺垫"喜雀的巢"，涵藏了词语的秘密，这是喜悦的词语自身的秘密，心有灵犀的诗人在后面的诗句中有"喜雀在弦上跳／拉一拉邮递

诗余录

员神秘的手"。报喜的雀儿在弹拨心弦,邮递员是信使,无法预知的消息维系在他身上。最后诗人点题"整个花园在雀声中开放"。

我在重返大学思考的时候,
才发现:珊瑚是水底的杨柳,
是另一类人在水底思念的杨柳,
离开水,珊瑚就变成坚硬的石头。

果然,珊瑚的声音如此坚硬
我听到她叫了一声:下雪了
那天是四月
被迫离开水底好多天了

我在日记中写道:杨柳飞絮的季节,
柔意拂面而来,久违的长发重又出现,
雪的热度吹开万物,冷暖交织的感触,
使越来越多的外交家留连暖雪。

珊瑚看到我的东西后,变了:
恋在阳春飞雪之中
捕花的影子
嗅种子潜伏的声音
练鸽子怀孕的各种技巧

后来，珊瑚做了我水底的杨柳

——丁及《杨柳飞絮》

这首诗可以代表丁及诗歌中的一种风格。诗歌中叙述着一种远景的返照，结论是"珊瑚是水底的杨柳"，让人想起大学校园，像一个奇异的海底世界，身处其中，离开、返回，都会有不同的心境，那里曾经是一个理想、青春、欲望的乌托邦，但无法释怀的是，那里曾经集中了那么优秀的脑袋。许多理想已经凝固，许多青春已经不再，许多欲望已经枉然。马拉美说："世界就存在于一本书中"。按照这个语用逻辑，我们也可以说，诗人彼时的世界就存在于这一首诗中。至少可以说，青春岁月可以存在于这一首诗中。

在江南烟水中浸润久了的诗人，对有关水的记忆总是那样真切与奇妙，而且是诗歌中的底色和参照物。他将重返的"大学"记忆就安置在"水底"，一种背景式的场面，并由此展开诗歌中典型性的情境复制。在另一首诗中，他这样写道：

樱花走到静湖的一条小路。
她说："等你跳下一生中那次伞，
樱花随时落下来。"说话的眼睛
仿佛是我湛蓝的天空

——丁及《樱花落下来》

这里面有湖水与眼睛、樱花与伞以及眼睛与天空几组对应物的多重转喻，我们自然也能揣测，一定有故事和情节在湖水底下潜行着，但是诗人不说，或者仅仅是提示式的引而不发，将与上述主题词有关的想象留给了读者。

我又联系起之前曾读到过丁及与水有关的句子,就像倒映在水面上晨昏之际的飞鸿及山水间的晴岚。

> 我来到这个城市多年
> 每天穿着消防衣
> 月光生产出水
> ——选自丁及《水中的火焰》(载《作家》2012年第8期)

> 海风,如一件勒满全身的泳衣
> 而真切的故土怀念
> 是眼泪的温泉,无上装的胸膛
> ——选自丁及《眼泪的温泉》(载《钟山》2012年第3期)

从上面几句诗来看,作者都是从一个关乎"水"的主题切入的,但却完成了一个由此及彼的语义转换,就是说从起始句,你无法推及"月光生产出水"和"是眼泪的温泉,无上装的胸膛"。这种知其始而不知其终的方式,是丁及诗歌中的一种"有意味的形式"。

在另外一首题为"春日油菜的记忆"的诗中,诗人放弃了惯常的笔法,起句就直接陈述一个事实,却有抓人眼球的跌宕,"我的嘴比手更快到达你的溪谷地",油菜开花是踏春的高潮,之前的杏花春雨只是前奏,诗人在引入色彩浓郁的油菜花之后,记忆与现实就开始纠缠,因为诗人说"菜花／飘浮在一幅平凡的油画里","平凡"是见多不怪,还是另有隐情?我们自然会想起唐代刘希夷《代悲白头翁》中的"年年岁岁花相似,岁岁年年人不同"。也许,这是和首句的一种呼应,也在下面的诗句中得到印证。

> 没有歌手的云
> 静静地醉了
> 　　　　　——丁及《春日油菜的记忆》

诗人久居江南,自喻为"一个村落寻常的画手",但面对此情此景春深似海的画境,依然被蓝天、白云、黄花"击中"而"昏迷"。

> 很黄很黄,滔滔的
> 袭人
> 云,很白很白
> 我们昏迷
> 　　　　　——丁及《春日油菜的记忆》

在细读丁及这组诗的过程中,我感觉到他诗歌中有类似一种混响的效果,这是属于个人的一种复杂性,我们试图找出他诗歌中那个隐藏的声部,又因为有时候是无主题的变奏,且是若隐若现的,而难以企及。有时可能是作者有意设置的,有时是作者无意为之,但读者是能够感知到的。其实,诗歌也从来没有所谓一次性的意义或者是最终的意义。诗歌的价值我们一般理解是由作者(主体)和文本（客体）来共同呈现的，但我们常常忽略了一个隐藏的"作者"——读者。诗歌有时候是一种屏障，作者可以隐藏其中，但有时又是一种裸露，让作者无处可藏，因为人性就包含在其中。我不喜欢混浊，但我喜欢复杂，丁及的诗歌中有一种复合的多样性，类似音乐中的多声部。

  在读丁及诗歌的过程中，我还体会到作者创作时的快乐，这种诗歌发生学是十分可靠的。当代人做几乎任何一件事都是有目的性的。写诗这件事有时让我们消解这种目的性。为什么就不能纯粹做件事儿呢？纯粹的做一件事儿，比如写诗，就像一个孩子的游戏，多痛快啊。苏珊·桑塔格在《反对释义》中就提醒我们"避免释义的粗暴控制"，跟随语言的引导，使之返回音乐的星空，令诗歌"能够真正是它本来的样子"。据英国《卫报》上报道，1937年，72岁的叶芝回顾一生的写作，他说自己毕生所做就是"清除掉诗歌中那些只为眼睛而写的词语，而保留下那些写给耳朵的"。在《责任》（1914）这部诗集中，叶芝写下"责任始于梦中"这句话作为题词。这真是意味深长。他还简单注明这句话出自一部古老的戏剧，但并未详细说明出处。这句话几乎成了叶芝自己所说的。它大概是对诗人何为、诗歌"功用"这一古老争论的回答，类似雪莱的"为诗一辩"。梦，也就是诗歌，或想象。这是我读丁及的诗歌而引发出的一段感想。

紫金文库

曾飞鸣的篆刻
——曾飞鸣篆刻集序言

我个人九十年代的印章和几枚藏书用的闲章都出自两位诗人朋友之手,一位是曾飞鸣、一位是十品。多年前,我刚认识飞鸣那阵子,只知道他是一位优秀的诗人,诗风奇崛,让人耳目一新,我们时常交换各自的诗作。之后我又接到邀请,参加他的个人书画展,这才知道他同时还是位书画家。现在他的篆刻作品集即将出来了,因为喜欢他的篆刻,斗胆谈谈感受。

在苏州蓝色书店展出的是他为诗歌民刊所作的篆刻,体现了他作为诗人的个人气质和禀赋以及他对这些民刊风格的理解。其结构布局新颖,刀法或苍劲老辣,具秦玺风范;或开合奇崛,参差错落,不拘定式;或灵动清秀,韵致洒脱,别开生面,由于字法变化,看上去各方印章独立存在,互不相关,但气韵相贯,一气呵成,浑然一体。他自由发挥的诗人天性在他的作品中表露无遗,在篆刻技巧上,他不拘成规,力求摆脱一些传统的定式束缚,让刀法表现出线条的质感和力度,表现出作者的心性和意趣,而非食古不化,在固定程式上亦步亦趋,所以,有时看上去像野马无缰,稚拙野逸,随心所欲,不明就里;细细观赏,实则匠心独运,豁然开朗;一动一静,前后呼应,开合有度,疏密得当,意气相通,节奏感跃然纸上。多年来的积累、探索,使他在创作中左右逢源,游刃有余,奇异而不失稳重,苍浑而不失飘逸,古雅而不失个性,具有浓郁的诗人气息。另一方面,飞鸣的篆刻介于民间草根性和文人书风之间,俗雅兼容,别有风味,和他的诗风保持了一致性,这正是他的宝贵之处,用诗歌界的话说,他是一位民间写作者。

五、诗歌流韵

诗的小学地理
——汪政、小海关于诗的通信

致小海

小海：你好！

前几天与何永康老师在一起，因为一个与你本名相同的人而说起了你。当然，不可避免地要谈起海安，谈起八十年代和你的文学少年。

因为这次应醒龙兄之约，我将你的创作又粗粗梳理了一下，看到太多的人在谈论你的北凌河、村庄，我私下里想，恐怕少有人像我这样能穿过你的那些诗歌意象直抵你家乡的那些真实的所指。我说句实话，当我在《他们》上读到这些作品时，一时间竟难以跨越真实的记忆进入诗作的世界，我甚至怀疑我是否是在阅读诗歌。童年、平原乡村、平原上的河流、北凌特有的草荒田的地貌、盐碱

诗余录

地、遍地茅草上鲜红的东方红、小日克拖拉机……不知道有没有对你说过，六十年代后期到七十年代初，我有一段时间是在北凌度过的，那时随下放的父亲在那里读书。北凌给我童年的记忆相当强烈，甚至比我真正的故乡，如泰海三县交界的王垛要深刻得多。这也许与年龄有关。在王垛，我实在太小。而在北凌，我已开始朦胧记事。父亲的下放，对母亲的思念，生活的落差，以及身份认同上的怪异使我在似懂非懂中有了最初的伤感，这肯定会使那段生活以及伴随它的风景与人物有了别样的色彩。

说这些真的与诗歌无关，而且，即使同一个地方的人对故乡的记忆也是不一样的。但是我想，一个诗人，并没有借助于现成的诗歌意象与共同的记忆，却使一个对大多数人来说陌生的河流与村庄有了难以忘却的感受，这里面的诗学秘密确实值得琢磨。在异乡书写故乡，在城市书写乡村，在世俗书写皈依，在成长书写童年……这是许多人接触这些诗作时非常容易因一些原型而发生的阅读短路。也许，只有我才会在这些诗行中寻找真实的影像与气息，并暗中与你交流和辩驳经验的准确度与清晰度。确实应该关注这些作品的叙事与描写功能，它的物质的与造型的一面，它对经验的确证。因为，我们固然应该注意精神的一面，注意语言本身的一些诗性要素，但首先要关注诗与生活，与我们这个世界、与真实经验的联系，不管它们经过了怎样的美学包装，我们都应该去发现它，有时，它的曲折与闪烁实际上正是为了寻求一种安全的存在。

这已经是一些残存的、多年前的感受。自从八十年代初在西场我的小阁楼上见过一面后，直到九十年代末我们才在苏州匆匆一晤。在那十几年里，你的写作已有若干的变化，当时想跟你作些交流的，但想想还是作罢，因为我知道，以非诗的方式讨论诗歌是很困难的一件事,还不如说些眼前的人事与风景。

如果以这些年来当代诗歌的存在方式来看,你倒有点儿在诗歌之外的样子。诗歌的江湖一直在人为地风起云涌,流派、口号、宣言、版图的划分,再加上网络的加入与传媒的怂恿,使得诗歌界变得非常激烈而又模糊不清。我也时常关心一些讨论,一些诗歌事件,但是总不太听到你的声音。一个被朋友们时常谈起,一个对周围的同龄人诗歌乃至其他文学写作影响至深,而且至今还在写作诗歌的人,却在许多诗歌讨论中不见面容,没有卷入这样那样的冲突,更没有一而再,再而三地提出自己的诗学的或与诗歌有关无关的主张,这让不免心生奇怪,也实在不容易。当然,诗人有权选择自己的生存方式,更有权以自己的方式来宣示自己的诗歌理想。我这些年来可能愈来愈趋于保守。我一直认为诗与诗人相关,诗应该坚实地站在大地之上,并且,在不同的时代或主动或被动地以自己的方式影响世界,并为同时代人的心灵提供慰藉。在当下的世界,诗歌已不适宜在街头存在,也没有这个必要。但在暗夜,在格式化无法覆盖的地方,它仍然显示出充分的必要。因为也只有这样的光线与地带,才会有灵魂的栖息和心灵面对自我的时候。我确实愈来愈相信,双重的、如白天与暗夜一样划分的生活是一种常态。这样的划分是一种妥协,它让我心安理得地认为白天的奔波、欲望与利益的正当、必须与理所当然,也是为暗夜的静谧、思想与诗意争取合法性。我最大的愿望便是尽量避免更多的"亮化工程",避免让白天更多地挤兑暗夜。

不说这些了,还是谈谈你今年的一些作品。我注意到你的诗思正在转向更多的对象,向更多的空间浸润。从早期的较为纯粹的抒情,再到相对集中的乡村书写,这几年你明显地变得多样化了。我在你今年的诗作中看到了短歌甚至格言体的风格；北凌河仍然在你的诗行中流动；而城市已经大规模地树立在你的纸上；一些抒情短章所透出的温情，让人有久别重逢之感。我尤其喜欢那样带有叙事性的作品，它对一些记忆的打捞，对一些场景的定格，对一些表情的抓拍，让我们快乐而又忧伤。风格与诗艺无疑是你非常在意的地方。你毫无顾忌地让一些平常事物与概念嵌入诗歌，你依然保持简练与朴素的底色，但是，戏剧性、炫色、意象与隐喻却又使许多作品产生着奇异……

好了，今天先说这些。一直以为南京到苏州很方便，见面容易，其实正是这样的念头，让我们又好多年没见了。看来方便的事也得下决心。

祝好。

汪政

2007年11月15日，龙凤花园

致汪政

汪政兄：好！

很高兴读到你的信。你对海安的那些回忆让我激动，对我的诗歌写作兄长般的关注更是让我感动。

说起海安，我就会马上想起曹园、李堡、西场、角斜、老坝港、海安镇、丁所、立发、曲塘、北凌和北凌河等等，这些乡镇和地方给我少年时代乃至一生都留下很深印痕。你说的"平原乡村、平原上的河流、北凌特有的草荒田的地貌、盐碱地、遍地茅草上鲜红的东方红、小日克拖拉机……",这些都太亲切了,是海安东部沿海最有代表性的景象。我的"小学地理"大多数都跟我父亲有关。我父亲当年从如皋师范(我知道你在调南京前一直担任这所学校的校长)毕业后,就从海安东部海边的角斜开始任教。我是家里的长子,读小学前是跟我妈在曹园农村生活,二年级后因为太贪玩成绩下降,就被带到父亲教书的学校去上学,这样跟着他转了两所乡村学校读书。周末、寒暑假和抢收抢种季节放假,我们全家就聚在一起,六十年代末至七十年代乡村生活的贫困和艰难让我很早就有了切身体验。尽管这样,我父亲还是保留了一些他的爱好:喜欢读书和游历。他年轻的时候也做过一阵子作家梦,我曾偷看过他在硬面笔记簿上写的一些文字,在他那样的年代居然还保留着一些文艺书籍。我印象中在类似《文艺学习》这样的杂志上读到过供批判用的刘绍棠、王蒙等人的小说《运河上的桨声》《在悬崖上》《组织部新来的年轻人》,上面有他的"批注"。这么做其实是很冒风险的,当他知道我偷看到他这些收藏后,一定很受惊吓,因为从此我再也没看到他这些"宝贝"了,取而代之的是《广阔天地大有作为》《一颗红心永向党》。刘绍棠、王蒙一直是他的文学偶像。农闲时的假期,他喜欢骑着自行车带着我到处转悠(记得我妈就烦他不帮着干农活老在外面窜和玩),去看他如皋师范的同学或者干脆到他的学生家家访。他因为十几岁就出来教书,最早的几批渔民学生甚至比他年龄还大。他带我到角斜、老坝港看渔民出海、小孩摸蛤子和牙医们拔牙(我的一颗蛀牙就在那儿被哄骗着拔掉了),到曹园、丁所看露天电影,到西场看民兵打靶训练,到北凌看农民运动会和烧砖窑,到李堡、海安镇看万人审判会和工宣队的大狼狗,到

诗余录

如皋文化馆会他的老同学，带领学校篮球队到校外去挑战，到北凌河边看驳船队和放鸭船经过……。我至今还记得，最早被我理解并产生了美妙感觉的一首唐诗，就是坐在我父亲自行车前杠上他教我的，是唐朝诗人孟浩然写的一首诗："春眠不觉晓，处处闻啼鸟。夜来风雨声，花落知多少。"

西场我去得最多。在我小学升初中进入青春叛逆期后，常去那里。最疼我的外婆和小舅舅在西场，我小舅舅是西场医院的医生。大概是因为他只比我大十来岁的缘故，他能够认同我的文学梦想和古怪行为，他那里也就自然成为我假期里经常外出拜师访友的一个中转站。记得最早也是他向我介绍的西场两名人：仲贞子和你。八十年代初我去西场你的小阁楼上拜见你，想起来话题好像是从拜读你一篇评论《红楼梦》的文章谈起的，不知道你是否还有印象？当年在我心中，做一个红学家是很牛的。关于西场，我还记得那沿河马路边长长的集市和店铺，热闹非凡……。后来我从小说家鲁羊（许金林）那儿知道，西场还有个别名叫蓉塘。他告诉我西场旧时称蓉塘，他就是蓉塘人。

上面说起海安，其实我很清楚，海安不仅是我写作的起点，还一直是作为支撑我写作的原型和源头。你说"也许，只有我才会在这些诗行中寻找真实的影像与气息，并暗中与你交流和辩驳经验的准确度与清晰度"，这话让我诚惶诚恐。因为，存在着相同的生活背景，你对它们是太熟悉了，而准确度与清晰度正是我对自己诗歌写作的一个永不放弃的基本要求。有时会有好心的朋友善意提醒我，题材狭窄或者说我过于保守，其实我心里知道，我并不这样想，甚至感觉正好相反。也许是由于我的个人能力，那乡村平原的宝藏我才摸到了一点点呢，还没有能将它的全部丰富性充分挖掘出来，虽然在努力贴近，但可以触摸的真实还没有清晰地显现。诚如你信所说的"我注意到你的诗思正在转向更多的对象，向更多的空间浸润。""风格与诗艺无疑是你非常在意的地方。你毫无顾忌地让一些平常事物与概念嵌入诗歌，你依然保持简练与朴素的底色，"我也在调整，也在寻求一些变化，让诗歌更加真实地发生，有时我会走很远，可我知道我还会回来……，至今我还感觉自己仿佛还是那个在海安乡下苦苦寻找自我的少年。我得出的结论是：没有对生活的信赖感就绝对不可能有对写作的信赖感，就会困扰我继续写作。你知道我的生活几乎二十年如一日。从二十世纪八十年代末，我从南京大学毕业分配到苏州，作为机关公务员一待就待到现在，几乎每天都重复"两点一线"，（即单位、家，孩子小的时候接送上学还包括去学校）。和诗歌的自由创作相比，我每天的工作是相对刻板的，看上去按部就班或者忙忙碌碌，实际上损耗的是心智、心力。我单位的一些同事知道我还有另外一个诗人身份后，都有点儿吃惊，这我完全理解。而我从前文学上的一些朋友也觉得我不可思议，因为他们中不少人已辞职写作或干脆放弃写作了。我一天中绝大部分都是处于与诗歌无关的时间里，与文学上的许多朋友都断了来往和音讯，更多的得面对自己的问题。有时在临睡前会闪过一念：这是我吗？在这种情况下，我的写作通常是间歇性的，但也不中断很长时间。一首诗完成后往往第一个假设的读者就是作者自己。中间有好几年，这种生活的断裂感和荒诞感总是令我困惑，我一直存着辞职专事写作的念头，犹豫不决并为此苦恼，但终于没狠下心来。这就迫使我经常思考一个情感源泉和写作源泉的问题。真的感谢我少年时代的那一段海安生活，他决定了我处理生活和情感的基本方式，我也经常听凭我的写作去呼应它，并让我有勇气度过一些生存和写作的危机。有时候我觉得当我写作就意味着一种生活又重新开始并得以延续。这也成为我个人的写作秘密和区别于其他诗人的地方。

感觉自己说了不少但还是不能说清。尤其在我近年写诗不多的情况下，不敢轻率谈论诗歌过多。

早点来苏州玩儿，我也正好当面讨教。

问候晓华及全家！

小海

2007 年 11 月 17 日

诗人的朗诵

诗人的朗诵是个很好的话题。

从写诗以来,已经记不清我参加过多少场诗歌朗诵会了。最早听诗歌朗诵,是我儿时听一位货郎吟唱古典诗词。他是旧时代过来的一位私塾先生,无以为生,走村串乡叫卖点儿日用小百货。他经过我家时,都要喝水小歇片刻。看到我从箱子底下翻出来的一本唐诗三百首,立即放慢了动作,捧起来"唱"了一首诗,见到我家大人回来,吓得逃走了。年龄渐长,从广播里面听到了高尔基的《海燕》,很新鲜、激动,后来知道那是主旋律朗诵范式,电台的保留节目。

有的朗诵会请演员代劳,有的朗诵是完全由诗人们自己来完成。20世纪80年代,我在南京大学读书时,曾经和诗人韩东一起参加过在南京北极阁礼堂一次朗诵会。一个演员在台上拿腔拿调地朗诵韩东的一首诗《一个孩子的消息》,恨不得用肠子来共鸣,在吐纳时为确保丹田之气迸发，要直直地跺脚那种，把我笑得喷出来快了。韩东也说他浑身都起了鸡皮疙瘩。

我听过几位名演员朗诵英国诗人叶芝的名篇《当你老了》。我喜欢其中一位老者浑厚朴直的嗓音，秋日絮语般的失落、醉心又终归平淡。

记得1985年秋天我在南京大学新生入学欢迎会上的一次朗诵。在大礼堂，按惯例让新生表演几个节目后就是招待看电影。我读的是《他们》第一期上叮当的诗。那群坐在前排的我的死党们拼命喝彩叫好，而那些刚刚从中学升上来、还没离开过郭小川诗歌怀抱的同学们，在后排狂叫：不懂，不懂，这是什么破诗，下去吧，我们要看电影！前排的人则跺脚大叫：再来一首，再来一首。我一口气读完三首才"胜利"下场。

在南京当年的诗歌角，我看到一位新疆诗人夹持着自己手卷的莫合烟，深沉地吸上一口，然后扬手指向树梢的方向，朗诵一句："老鹰啊，你飞翔——"眼睛瞪着那飘扬起来的一圈烟雾，仿佛那是羽化升仙的天梯。又一口浓烟从口鼻处喷涌出来，下一句："大地上永远啊，也找不到你的尸骨"。同样是在诗人角，我还看到过一位痛苦万状、弯腰曲背像呕吐一样的朗诵者在表演朗诵。小树林有点泥泞，他的皮鞋上沾着踩踏出来的新鲜泥巴。

我现场听过许多诗人们的朗诵。多多的朗诵极富音乐性，节奏的把握，内心情感的调控，磁石般的声线，手势的运用，像对话，像叱责，像高歌，加上那一头飘逸的银发，有掌控全场的能量和风采。我边上的一位诗人提醒说，他早年练习过西洋歌剧。

于坚用云南方言朗诵他的诗《拉拉》，其中蕴含了机智、嘲讽、挑逗、赞许等等的暗语，有戏剧效果，堪称一绝。还有一次听他朗诵，也是方言，有一种礼堂屋顶四壁不见了的效果，像一位土司，在自己家的火塘边自言自语，或者是在空旷的大山深处作法。方言却有通灵的功效。

朱子庆的激情演绎，是另一种范儿。印象中是莎士比亚的一首诗，他的朗诵激情澎湃，有排山倒海的气势，又不失庄严和沉痛，像李尔王在旷野上回荡的诘问。

多年前，常州的一个诗会上，车前子在朗诵前郑重地向在座的女诗人们要来一包包纸巾，就在大家纷纷猜测他的意图时，诗人开始了他的朗诵，每读一句，抽出一张纸巾放在嘴里，像一个饥不择食的人，再读再塞，朗诵的声音开始变得嘶哑、微弱，直到嘴巴里塞不进一张纸片了，声音若游丝一般听不到了，嘴巴鼓胀欲裂，脸因挣扎出声而变得绯红，像刑场上一位大义凛然的革命家。全场起立，为他鼓掌。

有一次和陶文瑜一起参加一个诗歌活动，轮到他朗诵时，他读到一半兀自笑了出来，台下的几个哥儿们也忍不住笑出声来。为什么笑场了，忘了。也许只有他本人知道。无疑，这是一次快乐的朗诵。

苏州的诗人和画家的接触比较密切。有一年艺术家们策划了一个名称叫"狗吃鸡"的活动，是诗书画的联展。开幕式上安排了诗人的朗诵。李德武朗诵的一首诗稍稍有点儿长，而酒会活动也进行到了尾声。他嫌现场声音嘈杂，先是提醒，片断停顿后接着朗诵，一会儿又复归喧闹。他戛然而止，大声抗议后愤然摔门而去。哥儿们几个闻声追去都没赶上。后来才知道，半路上他气还未消，和一个骑车撞上他的人干了一架，把自行车后座上的女儿都吓哭了。我们的诗人朋友有多率性。

诗余录

2011年青海湖国际诗歌节上安排了好多场朗诵。记得一个酒吧里面，中外诗人交叉即兴朗诵。我听不懂他们的诗，但声音有一种魔力，传送出韵律和情感。那个晚上麦克风也是他们的诗歌的一部分，也是他们的乐器。

在台湾佛光山，我听过一位山地少数民族诗人抱着类似吉他的神奇乐器，盘腿坐在一块毯子上边弹拨边吟诵自己的诗歌。诗句是清晨的露珠从门前的大树上滴下。

我也听过欧洲村镇小教堂唱诗班的演唱，一群孩子在手风琴的伴奏下发出天籁之声，那是赞美诗。

我喜欢听童声的朗诵。女儿读幼儿园，我常常在接送的路上教她背诵唐诗，最后一句我喜欢重复一遍再加上一两个语气助词。我非常享受她背诵唐诗时的俏皮声调。直到她读小学时，有一天很严肃地抗议：老师说了，你教的诗读音都好奇怪。我的恶作剧也就此结束了。

青年时代，我有新作会读给诗友听，因为如果让他们看会不放心，生怕他们敷衍、马虎，看得不真切、不投入，漏掉了本人的精彩诗句。由自己读有强迫他们听的意思，而不是因为我爱好朗诵。我没有潜心钻研过朗诵，我喜欢平常语调和说话的口气，就像老朋友交流时读给他们听一样，但如果对着大庭广众，效果并不好，或者干脆就听不清。所以我常常推说自己的诗不适合朗诵，来搪塞和逃避朗诵。

我可以不朗诵吗？

紫金文库

青春作伴好还乡
——忆话《青春》

每次碰到育邦，免不了会说《青春》。一是因为他是这本刊物的编辑和现任"管家"，二是从十几岁的青葱少年到知天命之年，三十多年过去后，我还是这本刊物的作者。育邦说，你可以写一下《青春》的，我嘴上虽然答应了，心里又不免惴惴然。一个为《青春》寸功未立的人合适吗？好在印象中的《青春》杂志，就不好论资排辈。黑着面孔讲资历的不可能有资格在《青春》做编辑。

《青春》从创刊开始就受到本省文学青年的追捧。

二十世纪八十年代初期，《青春》杂志曾被誉为全国文学界的"四小名旦"，发行量曾高达70万份（这一数字参见韩东：《他们》或"他们"，载欧宁主办的《天南》文学双月刊，2011年第三期"诗歌地理学"专辑）。那时候我在老家，一个中学生，听一帮比我大的文学爱好者像谈论一块圣地一样说起她，但说到底也就是一小群读者和一本刊物的关系。这是今天不可想象的一件事。听他们讨论

诗余录

那上头的封面、小说和诗歌的作者，争论小说和一首诗到底是写了什么，甚至猜测背后的故事，等等。从一开始写诗我就认定了，以后一定得在那上头发表我的诗歌"大作"。

最早认识《青春》诗歌编辑吴野先生的字，就是他写在《青春》便笺上的退稿信，寥寥几行，浮云般潦草，细细琢磨却别有意味，一两句鼓励的话挺暖心。那个时代，鼓励文学青年投稿，寄稿子只要在长方形的信封上剪去一只角，写上邮资总付四个字，就可以让邮递员将"大作"源源不断送交到你信任的编辑们手上。即便是现在，偶尔想起了吴野先生的字，也会心底一乐，平添一点人生的幸福指数。他的"习作留用"四个字，使我兴奋得在学校操场上完成了平生第一个"鲤鱼打挺"的高难度武术动作，这动作，以后再也没做成功过。

我和一些诗友结识，甚至成为一生的朋友，也是缘于《青春》。比如韩东，比如车前子。因为看到韩东在《青春》上发表的一组诗，立即就打听关于他的信息，通过吴野先生要到了正读山东大学哲学系一年级的他的通联地址，和他讨论起诗歌。从1981年开始，韩东在《青春》《诗刊》等刊物上发表了《昂起不屈的头颅》《山民》《山》《老渔夫》《女孩子》等诗歌作品。其中，组诗《昂起不屈的头颅》，获得过《青春》杂志社的优秀作品奖。这应当是他拿到的第一个文学奖项。我在《青春》杂志发的第一首诗已经是1982年10月号上了，好像有一个处女作诗页，因为年龄还算小，就发在这一栏目上，其实之前我已在《萌芽》《滇池》《海鸥》等刊物发过一些诗了。之所以能记得这个初发，是因为这年夏天我到南京来治眼疾了。

1982年暑假，我因陈敬容先生的介绍，去拜访盐城师专的周海珍老师，在她那里无意中发现了自己视网膜脱离。随后，父亲陪我去了多家医院治疗。7月的中下旬，我们第一次去南京，托同乡熟人打听、联系相关医院的眼科，但几家医院都没有现成可以入住的病房床位，只能住在旅馆每天跑医院等通知。这期间，我们去了《青春》编辑部，有"朝圣"兼亲眼看一下"熟悉"的字迹主人的意思。印象中，编辑部就在鼓楼的旧楼中，吴野和马绪英两位编辑并排着办公桌，合用其中的一间办公室，两只圈椅，办公桌上高堆着一摞信封，装着各地作者的自然来稿，似乎是剪了信封口子，将稿子与信封再编号钉在一起的。显然，他们每天坐班也像车间流水线上作业一样，要审看大量稿子，而我的稿子也曾有一个属于自己的编号，出现在那一堆当中。室内采光其实不是太好，是不是用台灯的？为什么我又记得他用的是一管小小的毛笔的呢？实在是奇怪。我和我父亲一起摸上门去，报出名字后，坐在靠近门口位置、身形微胖的吴野先生对我们的冒失来访并没显出意外，而是自然地让坐（里面有多余的空间和凳子？），说你们来了几天了吧，他已经知道我们来宁寻医就诊，因为几天前北京的老诗人陈敬容给编辑部有封信说到这件事，他有位熟人在鼓楼医院也可以帮着打听一下有没有病床。他建议我们最好定心住下来找"名医"诊治一下。我们沉默以对。作为乡村教师的父亲可能是带上了他的全部积蓄送长子到县城到地级市最后到省城就医，已是件很"奢侈"的事。吴野先生说，我想好了，就这样，你们可以吃住到我家里去。下班时，吴野先生推着他的自行车领我们俩去坐公交车，他在靠近家那边站亭等着我们。他家应该是在四牌楼还是大行宫附近？已经想不起来了。只记得当时《青春》要建新楼，他还无私地挤出几个房间堆放东西临时周转一下。我品尝过师母的厨艺，也记得一个喜欢画画的大头小男孩儿吴巍。我们晚上回到他家时，师母总会关切地问候："找到名医了吗？"等到我住院手术后，吴野先生还骑着那辆自行车带着水果专门跑到军区总医院病房来"探视"过我一次。他还转给我一封大妹用稚嫩的笔迹写给我的信。信上说妈妈不放心我，一定要她写一封信给哥哥，她灵机一动，找到《青春》杂志上的地址了。这是一个农村家庭最困难的时期，两个妹妹新学期已经开学，家里的顶梁柱父亲已赶回老家上课。轻狂和懵懂的我，不再有父亲在身边监护，开心地住在医院里面，享受着诗歌和友情。几乎每天都有杜国刚等南京的诗友，轮流到病房来陪我，从外面带了好吃的给我。这批诗友都算是《青春》杂志外围的一批作者吧。刚哥带我出院的那天，拎着叮当作响的碗盆包裹，踩着中山东路一地金黄而且哗哗作响的梧桐树叶子时，才惊讶地发现，这已然是秋天了。

一个人的青春岁月也一样，不知不觉中很容易就过去了。但是青春时代与《青春》杂志相关的记忆却很难忘。

三年后的秋天，我进了南京大学中文系读书，经常去串门的地方，居然就是《青春》杂志社。我的好友韩东这时候已经从西安调回了南京，他的父亲方之就是《青春》杂志创办的倡议人之一，他的哥哥李潮也是《青春》当时的小说编辑。在我就读南大的年份，《青春》杂志社已经搬进了兰园十九号气派的新大楼。就此，《青春》就给了我一个大家庭的印象。编辑们都有了自己的一套房子，一家一户是独立着的，似乎不用再集中办公了，就在家看稿子，每月说定一个时间集中交给"家长"（主编）就行，那还不是大家庭吗？！李潮家在七楼，韩东妈妈跟李潮住，韩东从他住的蓝旗新村晚上过来李潮这儿吃饭，因为离我的学校就一两站公交车的距离，我时常会从学校溜达过去蹭饭。即使有时韩东还没到，韩东妈妈

（李艾华阿姨）或者李潮夫妇也会陪我一起聊会儿天。后来，我又带着我的同学去玩，有时也会一起吃饭。记得在楼道里面看到过一两次主编斯群，他儿子斯微粒是我们的朋友，经常串门儿的。在李潮家偶尔会碰见顾小虎，他也是《青春》编辑，家在李潮楼下。也碰到过叶兆言、徐乃健、黄旦璇来李潮家串门聊天的情景。我也带过同学到顾小虎家陪他下围棋。兆言那时在南大中文系读研，算我师兄。五六年前在南京的一次活动上碰见兆言兄，他私下里拉着我说，时间真快，韩东都到了他爸爸过世的年龄了，一定得有个基本的生活保障才好。他为此奔走也居然很快有了眉目。两代人因为文学延续下来的情谊真是令我感动。现在出刊的《青春》杂志上，我们还能看到编辑韩东的字样。

韩东当年联络我们一批人在南京创办《他们》的时候，其中的小说作者像马原、苏童、李苇、乃顾（顾前）等，大多是李潮的朋友。就是说，他们先是《青春》的小说作者，再成为《他们》的作者。1985年春天，《他们》第一期刊物出来后，主要由韩东分别寄送各地作者。我在海安老家收到的一包杂志是从《青春》编辑部寄出来的。韩东当时写信给我用的信笺纸也是《青春》的。不仅省了邮费，也免了检查。因为《他们》不是正式出版物，有时候邮局不让寄。《他们》的通信地址好像留的也是《青春》当时的办公地址：兰园十九号。因为《他们》的挂名主编付立就是斯微粒，他是当时《青春》主编斯群的儿子，所以有读者来信就从《青春》转给他。《他们》中的哥们儿开玩笑说，如果有女生的来信甚至情书微粒也是最先看到，有中意的也可以"截留"下来嘛。反正是传到我手上的读者来信基本都是敞口的，并且已被系里面多人传阅过，基本是不用看，只要听，就知道内容了，总会有人添油加醋转述过来。

诗余录

1986年夏天的那个暑假，我和韩东以及同班同学贺奕商定了结伴去西安、九寨沟、成都、重庆玩。临行前，找到李潮，开了一张《青春》杂志社的介绍信，大意是这三位同志都是我们《青春》杂志社的重要作者，他们要去贵处采风和创作，希望给予方便。并加盖了公章。其实这一路上都有我们相熟的诗人朋友们陪伴或者接待，也没人想到这个介绍信派上点儿什么用场。好像就拿出来一次。进九寨沟的时候经过南坪，正好看到镇上有挂牌子的是文联之类的还是什么文化单位，我们就去拍门联系，希望他们给予接待，大家想着，最好能免票参观多好。屋子里走出一位搞摄影的中年人，满腹狐疑地打量我们，说了一些不闲不淡的话，主要是旁敲侧击审查我们的身份，最终说他们经费有限无法接待我们。但他最终还是送了我们一本他的摄影作品介绍手册，至少让我们人没进沟就已经先看到了九寨沟的"风景"。我们中有人说，《青春》虽然红火，但影响还没深入到祖国的西部山区。最有可能的情况还是他说了实话，再者，对这个招数也应保持足够的警惕。

几年前，韩东写过一首题为《老楼吟》的诗，在苏州碰头时他读给我听，我立即想到的就是《青春》杂志社当年的那幢七层大楼。四年前，韩东五十岁生日那天，我又去了那幢当年熟悉无比的大楼，三十年快了，变化之大，让我莫名惊诧，感慨万千。我可是真见到了诗中描述的真实情景："一栋灰暗的老楼，／人们上上下下，／进出于不同的门户，／接近顶层时大多消失不见。／居于此地三十年／邻人互不相识，／人情凉薄，更是岁月沧桑。／孩子长大，老人失踪，／中年垂垂老矣／在楼道挪步，／更有新来者，面孔愈加飘忽。／老楼的光线愈加昏黄，／灯泡不亮，窗有蛛网，／杂物横陈，播撒虚实阴影，／人们穿梭其间，一如当年。／有提菜篮子的，有拎皮箱的，／有互相挎着吊着搂搂抱抱的，／更有追逐嬉闹像小耗子的。／有真的耗子如狗大小，／真的狗站起比人还高，／一概上上下下，／七上八下，／一时间又都消失不见。／钥匙哗啦，钢门哐啷，／回家进洞也。／惟余无名老楼，摇摇不堕／如大梦者。"

我知道，今天的《青春》杂志社早已不在这幢老楼里面办公了。韩东的"白日放歌"，让我猛然间想起杜甫诗中的下一句："青春作伴好还乡"。文学在这个时代很像是一个故乡，《青春》，曾经也像是我们这代人的一处文学故土，伴随过我们的青春。

在这个暮春时节，回忆有关《青春》的往事，别有一番人生况味。但因了箪食瓢饮、不改其志的人还在，所以，"老去的只是时间"（陈敬容先生诗句）。

祝福《青春》，永远青春！

诗余录

《影子之歌》① 序言

1

我对诗歌中影子这个意象的着迷和喜爱最初可能源于李白的《月下独酌》"举杯邀明月，对影成三人"，也源于王闿运称作"孤篇横绝，竟为大家"和闻一多称作"顶峰上的顶峰"的《春江花月夜》，诗中时空穿越折射出的空灵哲思也如透明的影子王国，神话般美妙，让我迷惑又迷恋。

人到中年之后，总希望个人的精神阅历、生活经历和积累能够在诗歌中有所呈现，似乎个人的人生观、价值观、哲学思考都比过去更成熟了。长诗是考验一个诗人综合实力的，它更复杂、更有难

---

① 小海《影子之歌》，重庆大学出版社 2013 年 9 月版。

度，和以前的短诗写作形态会不一样，需要对诗歌的架构、气势、节奏、起承转合有深入的思考，并妥善调控和把握到位。《影子之歌》也比之前完成的诗剧《大秦帝国》难度更大一些。《大秦帝国》有历史事件、人物的史实记录可以依托，还是有迹可循的，而《影子之歌》写的是抽象的、虚幻的东西，需要变无形为有形，从无中生有，这样的写作对我来说也更有挑战性，有助于拓展我个人的诗歌疆域和精神版图。

　　《影子之歌》的写作初衷是力求使这部作品成为一个和我设想中的诗歌文本一样，是动态的、创造性的、开放的体验系统，是关联性的关系总和。在《影子之歌》中，我有意将诗歌的日常经验泛化。而经验的本质必须也必然同它的判断（命题）对象相符合。

2

　　长诗写作在我国是有悠久历史传统的。我国少数民族传统上的几大史诗如《格萨尔王传》《江格尔》《玛纳斯》及《阿诗玛》等，都是长诗，有的版本还在不断被发现，通过历朝历代的诗人作家和说唱艺人们不断加工和完善，这些史诗甚至可以用规模宏大来形容。我国古代有许多我们耳熟能详的长诗，如《孔雀东南飞》《离骚》《木兰诗》《洛神赋》。唐代是诗歌的黄金时代，几位大诗人都有长诗传世，如李白的《梦游天姥吟留别》《蜀道难》《将进酒》，杜甫《茅屋为秋风所破歌》《兵车行》，白居易的《卖炭翁》《长恨歌》《琵琶行》。晚唐诗人韦庄中年创作的《秦妇吟》也很有特色。清代苏州诗人吴梅村有一部有名的《圆圆曲》，可以视作旧时代的一曲挽歌。在现当代文学史上，有许多诗人、作家曾经作过长诗写

诗余录

作上的探索和实践。或者说长诗写作的脉络一直延续着。1922年末，朱自清创作了长诗《毁灭》，初载1923年3月10日《小说月报》第14卷第3号，收入其诗文集《踪迹》。北京大学的王瑶教授在他的《中国新文学史稿》中称这首长诗是"五四以来无论在意境上和技巧上都超过当时水平的力作"。诗人孙大雨1930年间在美国纽约、俄亥俄的科伦布和回国初期，也雄心万丈地创作了长诗《自我的写照》。"长诗的主角是现代文明的巨子、庞杂而畸形的纽约，诗上各种相异的力量相冲撞，又彼此缠绕，现代世界真正的奇异和神秘，深藏和活跃于杂乱无章的日常情景之中。"（张新颖《艾略特和几代中国人》）。1934年臧克家创作了长诗《罪恶的黑手》，有对帝国主义罪恶的控诉，也有浪漫主义的预言。1936年田间有长诗《中国农村的故事》。1938年艾青有著名的四百余行长诗《向太阳》，彰显了他激越而丰厚的情感以及与此对应的抒情方式。他流着热泪赞美日出，其实也描摹出了一代知识分子追求理想与光明的激情和伤痛。那一年，柯仲平有长诗《边区自卫队》，次年又有长诗《平汉路工人破坏大队》，这几部长诗的主题都是和抗战等时代大背景紧密相关的。1940年邹荻帆创作了两千多行的长诗《木厂》，发表在巴金主编的《文学丛刊》第6集。这是中国第一部描写农村手工艺者命运、劳资纠纷以及工农暴动的长诗。"九叶"诗人中穆旦有两部长诗很有成就，就是分别发表于1941年的《神魔之争》和1947年的《隐现》，他成功借鉴了英美现代主义诗歌的表现手法，融会中西，让人印象深刻，堪称新诗史上的奇葩。1942年臧克家完成了《泥土的歌》，是一幅幅农村人与自然的素描，也写出了他所擅长的中国农民的命运。

1949年以后的长诗创作携带着显明的主流意识形态的时代痕

迹，这种状况直到二十世纪八十年代以后才有所改变。胡风于1949年11月发表了政治抒情长诗《时间开始了》。1959年闻捷有长达万余行的叙事长诗《复仇的火焰》出版，这两部可以归于红色诗歌经典系统。郭小川在二十世纪五十年代的反右斗争中历经磨难，大胆创作了九个死刑犯的故事即长诗《一个和八个》，后来还改编为话剧由国家话剧院搬上舞台。1984年，据此改编而成的同名电影成为中国第五代电影导演的开山之作。当代诗歌中就我的阅读留下印象的有黄翔的长诗《火神交响诗》（1969年），但也只读过长诗的片断。这是独立于权力话语和主流意识形态写作之外的"地下文学"或者"抽屉文学"，对新时期诗歌有一定的启蒙意义。胡宽在二十世纪八十年代初写就了长诗《土拨鼠》，但在他生前却不为人所知。《土拨鼠》用横冲直撞、汪洋恣肆的话语方式打造了一个语言的奇迹，这首长诗中的语言强度和张力让人叹为观止。于坚九十年代的重要收获是长诗《零档案》。他用机智、幽默、富有戏剧性的语言开启了虽然年代并不久远却已然尘封的当代人社会生活档案，表现了人类精神生活方面共同的矛盾、冲突与困惑。贺奕在《九十年代的诗歌事故》中这样评论："《零档案》为九十年代中国最为奇特的诗歌景观。它超越了形式，甚至不具备可供模仿的风格。由于彻底取消了超越的向度，它因而超越了一切被超越的可能。它属于那种天外的陨石。"此外，杨炼的《诺日朗》，欧阳江河的《悬棺》，洛夫的《漂木》，柏桦的《水绘仙侣》等一批长诗，都是新时期长诗写作的重要收获。

　　以上列举的长诗难免挂一漏万，并不因为这些长诗的写作都有着共同的历史和共同的艺术精神，但对后来的写作者在很大程度上却又是有着启迪意义的。

3

小时候，读古典小说、演义传奇之类的故事时，常常讲到处决犯人要选择在午时三刻。我很好奇，其他时间问斩就不行吗？原来是因为正午时，太阳直射，连影子都无处躲藏无处遁迹，此时阳气最盛，鬼魂都怕出来都要躲藏得远远的，这样刽子手就不怕鬼魂上身了。正午时，犯人精力最为萧索，处于昏昏沉沉、懵懂欲睡的伏枕状态，人头落地的瞬间，痛苦也少很多。大人们给的就是这个解释。

其实，中国文化中对阴阳关系可谓情有独钟。"一阴一阳之谓道"，从被崇奉为"群经之首，大道之源"的《周易》中浑朴的阴阳观出发，由此展开了古往今来宏大的中国哲学命题和理论架构。同时，就像上面故事所讲的，阴阳也是一种鲜活的生命观。老子有"万物负阴而抱阳"，阴阳结合，而生万物；阴阳相生相克，互根互用，消长转化，或者说影响万物自身的因素就是阴阳的调和问题。我国最古老的医书也说"阴阳者，万物之能始也"，作为《黄帝内经》最基础的哲学思想阴阳理论便是秉承于《周易》。《内经》的人体阴阳科学与《周易》的自然阴阳哲学其理论渊薮一脉相承。对中国艺术家而言，阴阳、明暗、虚实等是必须处理好的最重要的关系之一。如中国水墨画计白以当黑，能否统筹和处理好画面虚实关系，对一个画家胸中丘壑、境界高下有核心作用和指标意义，也是协调形态关系的有效法则。

4

作为我诗歌中的强大母题，影子也表现文化的毒性、地下的起义和反叛的图式。影子也表现差异性、创伤、权力意志甚至阶级分化。影子的密集哲学是自我侵害的残留，一个视觉、梦幻与超验领域以及歌颂界限的装置。影子承载被分解的身体与欲念，是心灵疏离的彻底暴露——影子默默离开了支撑它本应支撑的身体与岗位——呈现两性身体狂欢后的消解与焦虑——就像附着于身体内部的阴影与质变——影子背叛了身体，将身体直接定格为衰败。

5

影子在阳光下的清澈与明晰将生命完全抽象。影子干净如火。影子真实的裸体和死亡避难所的身份又让岁月摧残的善与美得以保留和沉积。

6

正如我在长诗中所云：影子是我们存在的纯粹形式，影子也可以是超越主体的直观能力和理性意志的，是我的诗歌之外的一个策略性文本，它却又是不可能被完全对象化和客体化的。影子并无实存，却又通过当下被关注，被追溯到我们自身——我们存在时它存在，我们不存在时它依然存在。影子不是生命，但貌似生命，是生命的运动和变化的抽象形式。

影子常常拒绝成为我们的附属物或者我们生存的深广背景。

影子有时处于存在不可见的深度中,是我们存在的另外一个肉身,它抵抗着一切自然的和意识形态的征服,但又奇特地与我们共存着,或者就是一体的。是的,影子和我们的生命交织成一体,这种交织的结构反映了我们的身体与心灵、事物与世界。

7

影子在相机或者画架前扒光了我们的衣饰,再帮我们穿上了一件隐形的外套——死亡的制服。影子用表现主义的一贯风格裸露和改造我们,就仿佛来自一种深厚的文化传承。影子覆盖着女性气质,是脆弱的流放,心灵的地图集。影子身后令人困惑的虚空却又像恐惧的虎穴一样。影子让我们的赤裸变成了一种文化——终于突围并重启了文化的新秩序——模仿上帝和建立人类次文明结构。

8

影子的意象也可视作《影子之歌》的练习曲,但不同于钢琴的,而是古琴的。我们知道古琴是没有练习曲的,每位琴家的弹奏风格和对时间节奏的把握上都是不一样的;这又像是一种奇特的对位法,把自然的影子和抽象的影子对等起来,表达出叠加、冲突、张力与和声;有时我采取置换和嫁接的办法,让历史的影子返照进现实,让影子为某种时刻、某个历史人物招魂、说话;而有时候又仿佛是影子自己的变奏在起作用。

9

　　能够被我们看见的，如长诗的总体结构、布局、骨架、形制、脉络、段落、句式等，所组成的仅仅是外在的形式规范，还有一种内在的韵律、气息、呼吸、节奏，类似京剧中独有的润腔，那是一种属于个人精神气质层面上的。

　　年少时，我认为没有长诗这种品种，所谓的长诗都是由短诗构成的。现在感觉不一样了。写短诗就像短跑，长诗像跑马拉松。短跑要求爆发力，对起跑、加速、冲刺各个阶段都有不同的要求。短诗再短，哪怕仅仅是一句诗，都要考虑这一句、这一行当中的能量发挥和句子的张力。长诗则要经营，就像马拉松，呼吸和心律都必须调整，要求悠长的吐纳和心律，我知道每一位马拉松选手的心律都不会超过每分钟 60 次跳，一次全程大运动量比赛下来体重可能会急骤下降几公斤，这项运动所包含的身体机能、肌肉结构、运动调整的方式等等都和短跑不同。

　　短诗有时就是考验诗人对语言词性的敏感，发挥最小的单位——字和词的意义，打磨字词，挖掘和开拓字词的空间，进而顶多也就是句式、语调的敏感度。短诗信奉少即是多，讲瞬间的效率，一刻就是永恒。好的短诗都有一种奇特的分寸感，能将实有的上升为空虚的，具备特有的轻灵与飞翔的感觉。长诗要有大局观，要有掌控和调度意识，讲究起承转合，就像长跑中体力的合理分配。短诗要有刹那间的灵感，几分钟或者稍长时间内即可完成创作。长诗要有稳定的创造力来支撑，一时半会儿完成不了，日复一日，像做一项浩大工程那样进入工作状态，需要耐久力，考验一个诗人综合的制衡能力。我希望在长诗写作中有自己的独特节奏，就像马拉松选手那样拥有悠长的呼吸和和缓的心律节奏，为了到达那个终极的目标。

10

我常常想，影子具有无穷的能量，至少在我的写作中是一种能量符号。我们现实生活中的影子就像千万年前的废墟，甚至比天地都要古老。当那些高远而宏伟的"建筑"飘浮下来，在下游已成残缺不全的影像；当其交织成政治、历史和个人的一幅幅斑驳倒影时，影子们也会不断自我繁衍、铺陈，像黑洞一样吞噬一切有关现实的想象。

11

长诗创作有时更像是一种整体中的运动，每一个部分与其他的章节在承上启下的过程中都发挥能量又起到平衡的作用。长诗写作者是一个长跑运动员，有时更是一个舞蹈者，是身体和心灵结合的运动，是协调的系统运动。在创作和整理《影子之歌》时，我体会到，也像是影子在写我，影子像被我们小时候称作百脚的虫子，它的那么多脚被我们恶作剧般扯掉、切断后，又在彼此寻找分裂的部分，以及一切的关联，就像我们寻找家与亲人的方式，也像我们寻找诗歌的方式，那么诡异和奇特。

12

这个集子里面的《影子之歌》，结构是松散的又是紧致的，可以从任何一个地方开始循环去读，当然不是古代回文诗的那种。但可以读其中一节也能代表全部，它们是彼此映照的，甚至细节可以代表整体，是有全息意义的。我想营造的一种场，一个影子的信息场，也可以理解成影子大全、影子库、影子辞典，它解析、呈现、撕裂、组装、磨合，这是一个自在的影子世界、影子庄园、地上和地下的影子王国，永远向人间打开而不是屏障的。

13

在长诗的写作中，我有时会有这样的感觉：影子这个意象是真正的诗歌的脚手架，建筑物一旦完工，脚手架往往就是多余的，就要拆除。有时脚手架有模有样，但一直没有建筑，就是做个样子，永远是过渡性质的。相对于当下的肉身、相对于永恒的时空，艺术是否就有这样的功能？！所以，影子是生命的脚手架，也是诗歌的脚手架。影子就是这样充满了无穷的意味。高明的读者们，不知道你们读了这部长诗后做何感想，是否赞同我的这番话？！

14

收录在这本诗集中的，是我 2009 年至 2010 创作的一部近万行

诗余录

长诗《影子之歌》已整理出来的部分,《作家》《诗刊》《花城》《读诗》《钟山》《诗选刊》《名作欣赏》《深圳特区报》《红岩》《诗歌月刊》《诗歌 EMS》等报刊均以较大篇幅推出、介绍我诗歌创作的新探索、新思考,《当代作家评论》《东吴学术》及时给予关注与评介,借此机会,我要对上述报刊的厚爱表示感谢。也谢谢今年初在台湾日月潭两岸诗人组织的"小海、路也作品研讨会"和复旦大学中国当代文学创作与研究中心、南京大学中国新文学研究中心新诗研究所等单位主办的"小海诗歌学术研讨会"以及南京大学等高校研究生班组织的"小海诗歌讨论课"给予《影子之歌》的肯定、抬举与批评。感谢老友楚尘,这本诗集再次见证了我们的文学情谊。我还要特别感谢英国诗人华兹华斯与希尼研究专家、我的《影子之歌》英译者朱玉博士。

15

最后,需要说明的是,这部长诗其他的部分待逐步整理完善后,还会陆续发表并在适当的时候再次出版续集。

16

是为序。

2013 年 5 月 8 日

紫金文库

《男孩和女孩（小海诗集 1980-2012）》[①] 序言

　　30 多年来，国家与社会巨大的发展、变化，对个人心灵带来的冲击与影响，怎么说都不过分。在这样的时代，如何安顿自我？怎样面对诗歌？可能是同一个问题的两面，也是身处其间每个诗人都必须面临的（问题）。我常常怕丧失了自我，或者说不能面对自己，因为"长恨此身非我有"。记得有一位记者朋友曾专门问我在这一个碎片化的阅读时代，为什么还要花精力创作几部洋洋洒洒的长诗《大秦帝国》《影子之歌》？又如何能做到在全社会几乎普遍面对形而下的生活时不被裹挟？这也是彼此关联的两个问题。老实说，我也不知道。我能够做的就是每天挤出一些自主的时间用于

[①] 小海《男孩和女孩（小海诗集 1980-2012）》，北岳文艺出版社 2016 年 2 月版。

读书、思考和写作。现代社会的分工很细，个人面临的选择与诱惑也多，生存与选择的关键是你的心是否真的归属于你。庄子有一则讲人与自己的影子和脚迹的故事："人有畏影恶迹而去之走者，举足愈数而迹愈多，走愈疾而影不离身，自以为尚迟，疾走不休，绝力而死。不知处阴以休影，处静以息迹，愚亦甚矣！"（《庄子·杂篇·渔父第三十一》）讲的是有个人很讨厌自己的脚迹与影子，为摆脱自己的脚迹与影子，便越走越快，但脚迹越来越多，影子也追得越紧，他发足狂奔，最后累死了。庄子告诉我们，其实要摆脱影子和脚迹很容易，只要在树荫下休息，它们就都没了。这些年大家都被自己的影子和脚迹牵着一刻不息地狂奔，究竟是为什么？相对于其他有成就的诗人，我这几十年基本只干了一件事，就是写点儿诗，中间虽有间断，但都不算长，说明我的才能是很有限的，所依靠的可能就是一点儿耐心与安静。这么说，好像自己有了多少成就似的。其实不然，文学是我终生学习而不可能毕业的一所学校。

诗集之所以取名《男孩和女孩》，因为男女是构成人类文明的最基本的一对关系，也是最富有张力、生发与蕴含着极大想象力与创造力的一组关系，这也是早期的诗歌中让我迷惑或者说反复琢磨的主题之一，甚至在以后的创作中还衍生出爱与死、生命与影子等等一些有趣的关联性思考。

是为序。

2015 年 5 月 23 日